DAVIDE TOFFOLO

COME RUBARE UN MAGNUS

1) DAVIDE TOFFOLO - Pordenone

Con questo disegno, nel 1979, avevo 14 anni, vinsi il concorso de "il primo decennale di Alan Ford" in cui cercavano il nuovo disegnatore per la serie.
È stato il mio primo furto di un Magnus.
Il libro che state per leggere è l'omaggio al disegnatore che più ho amato.
Oggi è il 16 giugno del 2008. La temperatura è autunnale e l'estate non arriva.
Sembra il momento giusto per terminare la storia.

Pordenone, 16 giugno 2008

Con questo disegno, nel 1979, avevo 14 anni, vinsi il concorso de "il primo decennale di Alan Ford" in cui cercavano il nuovo disegnatore per la serie.
È stato il mio primo furto di un Magnus.
Il libro che state per leggere è l'omaggio al disegnatore che più ho amato.
Oggi è il 22 gennaio del 2013. Il cielo è bianco e il termometro segna 1°C.
Sembra il momento giusto per terminare la storia.

Milano, 22 gennaio 2013

Con questo disegno, nel 1979, avevo 14 anni, vinsi il concorso de "il primo decennale di Alan Ford" in cui cercavano il nuovo disegnatore per la serie.
È stato il mio primo furto di un Magnus.
Oggi è l'11 novembre del 2020. La giornata è luminosa e la temperatura primaverile.
È il giorno in cui consegno tutte le tavole del libro che state per leggere,
l'omaggio al disegnatore che più ho amato.

Roma, 11 novembre 2020

Davide Toffolo

DAVIDE TOFFOLO

COME RUBARE UN MAGNUS

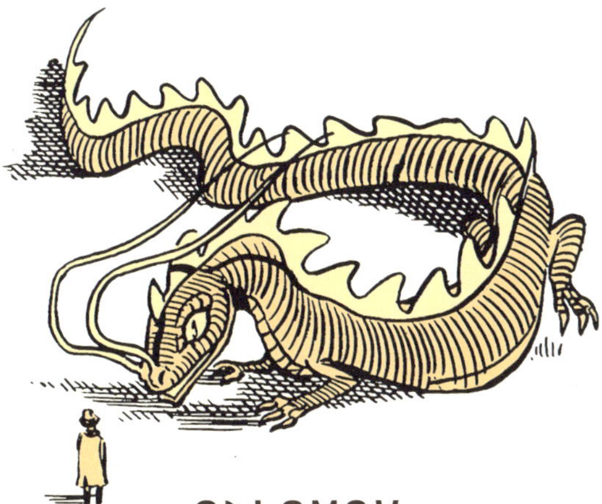

OBLOMOV

CAPITOLO I

PROLOGO

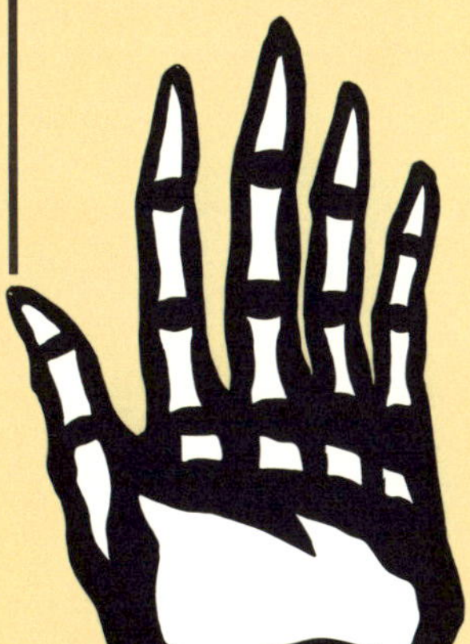

SIGNOR TOFFOLO?
SÍ?
VENGA.
SI STENDA SUL LETTINO. ARRIVO SUBITO.
MI DEVO SPOGLIARE?
DIREI DI SÌ.
NON POSSO GUARDARLE LA SCHIENA SE TIENE IL CAPPOTTO.
MI RACCONTI. CHE COSA LE È SUCCESSO?
NIENTE, CIOÈ MI FA MALE DA UNA SETTIMANA... LA SCHIENA DICO.
COME FACCIO A SALIRE SU QUESTO LETTINO?
PENSO DI AVERE PRESO UN COLPO DI FREDDO.

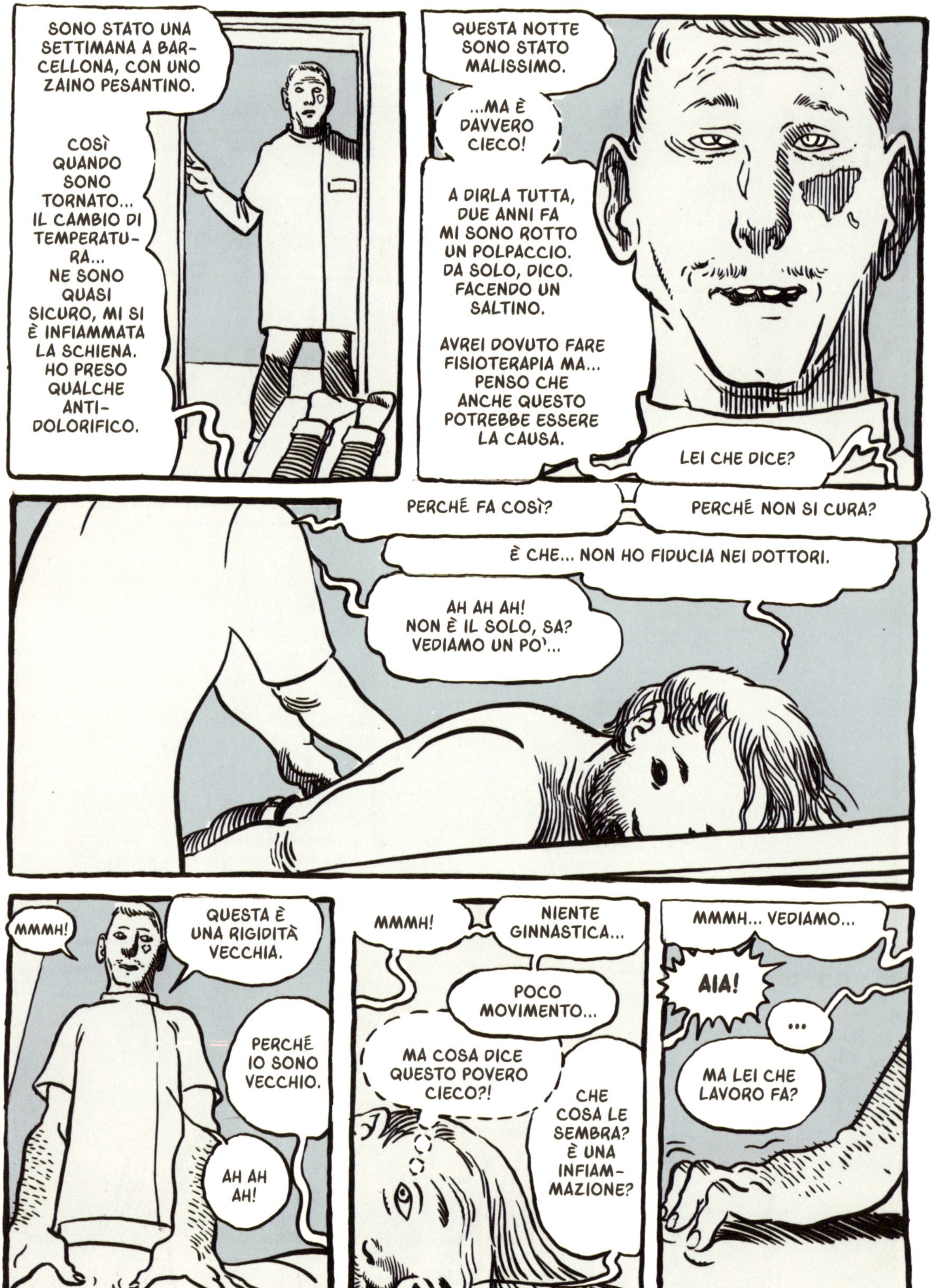
SONO STATO UNA SETTIMANA A BARCELLONA, CON UNO ZAINO PESANTINO.
COSÌ QUANDO SONO TORNATO... IL CAMBIO DI TEMPERATURA... NE SONO QUASI SICURO, MI SI È INFIAMMATA LA SCHIENA. HO PRESO QUALCHE ANTIDOLORIFICO.
QUESTA NOTTE SONO STATO MALISSIMO.
...MA È DAVVERO CIECO!
A DIRLA TUTTA, DUE ANNI FA MI SONO ROTTO UN POLPACCIO. DA SOLO, DICO. FACENDO UN SALTINO.
AVREI DOVUTO FARE FISIOTERAPIA MA... PENSO CHE ANCHE QUESTO POTREBBE ESSERE LA CAUSA.
LEI CHE DICE?
PERCHÉ FA COSÌ?
PERCHÉ NON SI CURA?
È CHE... NON HO FIDUCIA NEI DOTTORI.
AH AH AH! NON È IL SOLO, SA? VEDIAMO UN PO'...
MMMH!
QUESTA È UNA RIGIDITÀ VECCHIA.
PERCHÉ IO SONO VECCHIO.
AH AH AH!
MMMH!
NIENTE GINNASTICA...
POCO MOVIMENTO...
MA COSA DICE QUESTO POVERO CIECO?!
CHE COSA LE SEMBRA? È UNA INFIAMMAZIONE?
MMMH... VEDIAMO...
AIA!
...
MA LEI CHE LAVORO FA?

IO FACCIO...
FACCIO FUMETTI. DISEGNO FUMETTI.
BELLO. E CHE TIPO DI FUMETTI FA?
NON FACCIO FUMETTI PER BAMBINI...
MA SARÀ PERCHÉ STO SEDUTO TUTTO IL GIORNO?
FORSE È PER QUESTO CHE LA MIA SCHIENA IMPAZZISCE.
FUMETTI INDICIBILI, EH?
AH AH AH!
SEGRETO PROFESSIONALE EH?!
NO, NON FACCIO QUEL TIPO DI FUMETTO.
DAVVERO NON È FACILE DA SPIEGARE. GRAPHIC NOVEL LE DICE QUALCOSA?
O FORSE NON RIESCO A SPIEGARTELO PERCHÉ SEI CIECO.
VA UN PO' MEGLIO?
UN PO' MEGLIO. MI SEMBRA.
E COME SI DIVENTA UNO CHE FA I FUMETTI?

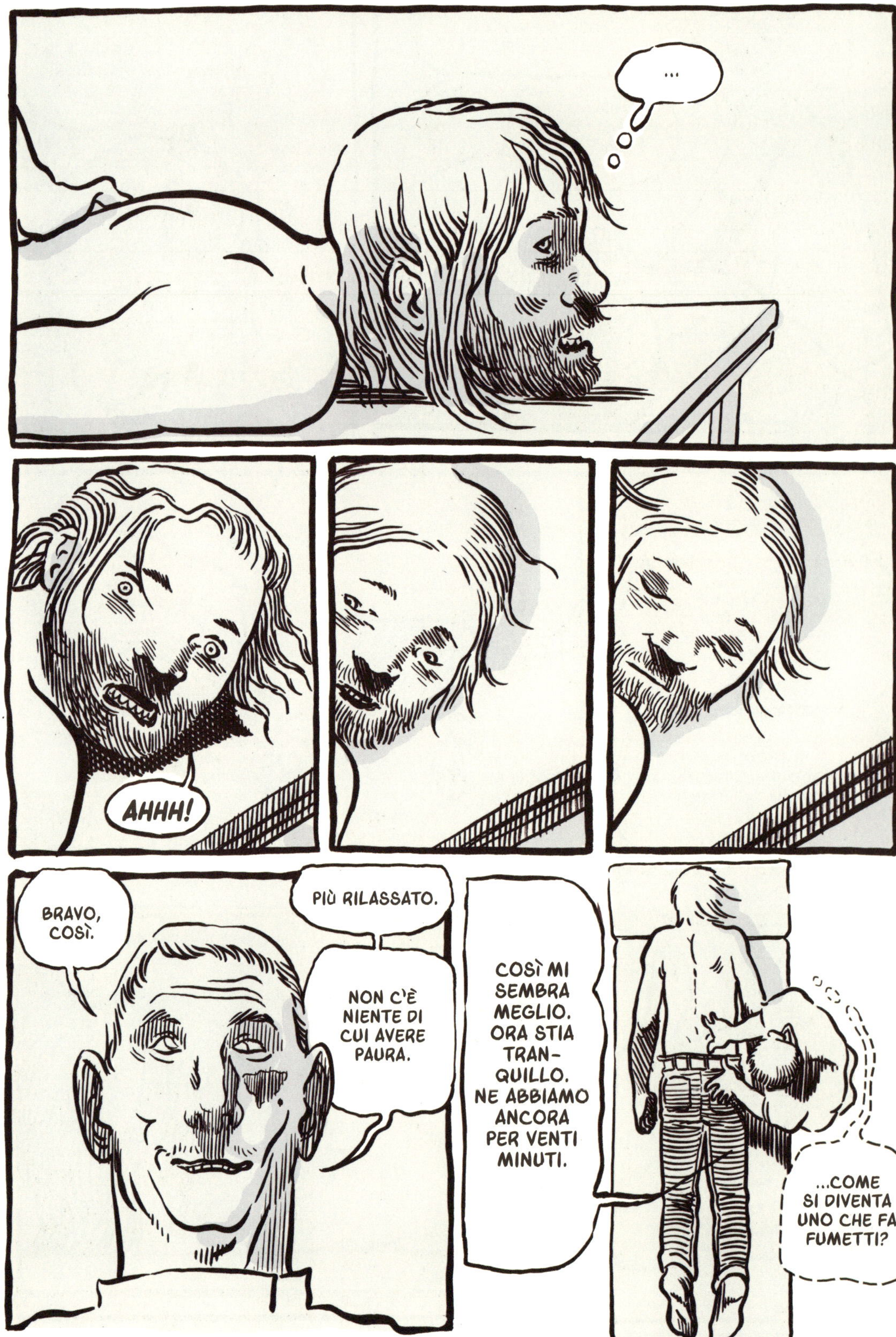
...
AHHH!
BRAVO, COSÌ.
PIÙ RILASSATO.
NON C'È NIENTE DI CUI AVERE PAURA.
COSÌ MI SEMBRA MEGLIO. ORA STIA TRANQUILLO. NE ABBIAMO ANCORA PER VENTI MINUTI.
...COME SI DIVENTA UNO CHE FA FUMETTI?

Dove corri, Straniero?
VORREI, CIOÈ DOVREI PASSARE.
E non hai paura di me, Stra-niero?
Ti potrei man-giare tutto intero.
NON MI RICO-NOSCI?
PASSO DI QUI TUTTE LE SERE.
Non ti riconosco, Straniero.
E mi è venuta fame.

ALLORA DRAGO, ORA MI RICONOSCI?
FAMMI PASSARE.
HO POCO TEMPO.
Ah! Viandante! Passa pure.
I vestiti sono difficili da digerire.
Che poi ti confesso che io un uomo tutto intero non l'ho mai mangiato.
Le scarpe poi, non ti dico.
Corri, Viandante, corri.
Che non c'è tempo.
ANF!
ANF!

MIA SIGNORA.
FINALMENTE SEI QUI.
PASSERAI LA NOTTE CON ME?
C'È QUALCOSA DI PIÙ DOLCE SU QUESTA TERRA, MIA SIGNORA?
NULLA!

PONTE DEGLI ALIDOSI SUL FIUME SANTERNO, CASTEL DEL RIO.
SETTEMBRE 1995, MATTINO PRESTO.

SVEGLIA, MARESCIALLO RAVIOLA!
GIÙ DALLE BRANDE!
NON FARE LO STRONZO, ROBERTO.
TI DO DIECI MINUTI.
12
SE NON RISPONDI TI LASCIO QUI A MARCIRE IN ALBERGO E VADO A BOLOGNA DA SOLO. MI SENTI?!
RISPONDI! VUOI FARMI INCAZZARE?!
12
APRI!
ROBERTO!
MI HAI ROTTO I COGLIONI. IO PARTO DA SOLO E TU ASPETTA LA TUA CAZZO DI CORRIERA.
AGLI ORDINI.
CAPITANO BONVICINI.
FRA DIECI MINUTI ADUNATA GENERALE SUL PIAZZALE DELL'ALBERGO.
SENTI VECCHIO TRAPPOLAIO, LA PROSSIMA VOLTA BUTTO GIÙ LA PORTA A CALCI SE NON APRI.
NON SONO TENUTO AD APRIRE A NESSUNO.
FAI L'ORGOGLIOSO, DAI. VECCHIO, MALATO E PURE STRONZO.
FAI COME TI PARE. IO TI PORTO A BOLOGNA, POI COME FAI A TORNARE QUASSÙ?
PRIMA CHE ARRIVASSI TU, CARO IL MIO SBRUFFONE, IO ME LA CAVAVO BENISSIMO DA SOLO.
RICEVUTO. VAFFANCULO.

CIAO ROBERTO.
SCUSA IL RITARDO.
CIAO CHECCO.
GIUNGI ALLE MIE SPALLE COME UN NEMICO.
MA COSA DICI ROBERTO, DIMMI INVECE COME STAI.
QUESTO BISOGNA CHIEDERLO AI DOTTORI.
NON SCHERZARE.
NE HO TROVATA POCA.
QUANDO FINISCE SAI CHE MI RIVEDI.
DIMMI CHE TI CURI.
TE LO DICO.
MI STO CURANDO.
A PRESTO, ROBERTO.
SNIF!
?

PIAZZA VERDI
POLIZIOTTO?
ROMEO, LASCIA STARE IL SIGNORE. NON SI PREOCCUPI, NON È CATTIVO. VUOLE SOLO LE COCCOLE.
ROMEO, SMETTILA!
SONO ANDATO AL SANT'ORSOLA A PRENDERE GLI ESAMI E SAI COSA TI DICO?
CARO LUIGI, FORSE DOVRÒ ANDARE IN PENSIONE PRESTO.
TU SEI FORTUNATO, ROBERTO, CHE HAI FATTO CAPOLAVORI.
PENSA A QUELLI CHE HANNO SOLO LAVORATO.
NON MI LUSINGARE. HO BISOGNO DI ALTRO. IL LUNARIO È PRONTO, LO VUOI VEDERE?

UOMO
DI POCHE
PAROLE
IL MIO
UFFICIALE
PAGATORE.
MA DALLA PENNA
IMPLACABILE.
MI VENDI QUALCHE
ORIGINALE?

ARRIVI TARDI MIO CARO BERNARDI. VENDUTI TUTTI. MA GLI ORIGI-NALI SONO POCA COSA E LO SAPPIAMO BENE TUTTI E DUE. QUELLO CHE DAVVERO VALE È LA STORIA. UNA BELLA STORIA A FUMETTI VALE UN SACCO DI SOLDI.
E LE STORIE FATTE BENE SEGUONO REGOLE FERREE.
CHE SONO LE REGOLE DELLA MANO SINISTRA. LE REGOLE DELLO SCENEGGIATORE. SEGUIMI BENE, UFFICIALE PAGATORE.
PERSONAGGI
AZIONE
FINALE
PROLOGO
EPILOGO
PRIMA VIENE IL PROLOGO, LUNGO COME IL DITO POLLICE. POI LA PRESENTAZIONE DEI PERSONAGGI, LUNGA COME L'INDICE.
SEGUE L'AZIONE, LUNGA E ROBUSTA COME IL DITO MEDIO. E ANCORA IL FINALE, INTENSO E NON PIÙ LUNGO DI UN ANULARE E L'EPILOGO, CORTO COME IL MIGNOLO. MA QUANDO DI UNA STORIA CONOSCO L'EPILOGO, LA FINE, TUTTO IL RESTO MI VIENE FACILE. MI SEGUI, LUIGI?
BENE, PER OGGI ABBIAMO FINITO. PUÒ RIVESTIRSI SIGNOR TOFFOLO.
CHI HA PARLATO?!

SIGNOR TOFFOLO MI SENTE?
?
SI È RILASSATO TANTO CHE QUASI SI È ADDORMENTATO. AH AH AH!
NON SI PREOCCUPI, SUCCEDE.
ANCORA UN MINUTO E LA LASCIO ANDARE. SI RIVESTA PURE. PUÒ DARSI CHE DOMANI LA SCHIENA LE FACCIA PIÙ MALE DI OGGI. NIENTE PAURA, È NORMALE.
FSHHH!
CI VORRANNO CINQUE, SEI SEDUTE PER AVERE DEI RISULTATI. TENGA LA SCHIENA AL CALDO. DOVE SONO AMBIENTATE LE STORIE CHE DISEGNA?
AI CARAIBI? NELLE FORESTE TROPICALI? CE L'HA UNA PANCIERA?
NO, NON HO UNA PAN-CIERA.
CI VUOLE UN SACCO DI FANTASIA
PER FARE IL SUO MESTIERE, CREDO.
CI RIVE-DIAMO FRA TRE GIORNI.
COME SI DIVENTA UNO CHE FA FU-METTI?
FRA TRE GIORNI.

COME SI DIVENTA UNO CHE FA FUMETTI?
PER DIVENTARE UNO CHE FA FUMETTI...
...BISOGNA CREDERE ALLE STORIE.

CAPITOLO 2

PERSONAGGI

E ALLORA ROBERTO, COME LO FIRMERAI IL TUO AFFRESCO?
ANDREBBE BENISSIMO ANCHE RAVIOLA, MA CHE NON LO CONFONDANO CON IL NOME DI UN FORMAGGIO, AH AH AH.
MAGNUS PICTOR LO DEVI FIRMARE.
CHE SEI IL MIGLIORE DI NOI.
HAI RAGIONE, COMPARE CARLO.
SONO UN PITTORE FINITO. NEL SENSO DI COMPLETO MA ANCHE UN PITTORE FINITO.
NEL SENSO CHE NEANCHE RIUSCIRÒ MAI A COMINCIARE DAVVERO.
MA NON FARE IL PATACCA. METTI SOTTO QUESTA FIRMA.
SENTI COME SUONA BENE MAGNUS.
NON TI PIACE BOB?
BOB LA VOLPE, QUESTO MI PIACE.
MA CHE VUOI FARE L'AMERICANO?
LUNGI DA ME TAMBRONI, LA POLIZIA E GLI AMERICANI. E POI MI SEMBRA UN NOME DA BAMBINI. QUI SI PARLA DI ALTRO, BELLO MIO. MICA DI FOTOROMANZI DISEGNATI. E NON RESTA CHE FARE UNA GRANDE FESTA.
CHE CE L'ABBIAMO ANCHE NOI LA DOLCE VITA QUI A BOLOGNA!
NON DIRLO AI PRETI CHE SE VENGONO A SAPERLO CE LA PORTANO VIA.
AH AH AH!
MAGNUS L'ERETICO AL ROGO, AL ROGO!
E CHE VORRESTI MANGIARE OGGI?
MA SAI CHE A PARLAR DI FUOCO E CARNE MI È VENUTA UNA DISCRETA FAME?
TORTELLINI IN BRODO. OGGI MI BASTEREBBE.

TORTELLINI. QUELLO CHE IL MIO SPIRITO VUOLE.
COME L'OMBELICO DI UNA SIGNORINA.
E QUI CE NE SONO ALMENO UNA DECINA...
DI SIGNO-RINE DICO!
SÌ!
DICO SUL SERIO ROBERTO, SENTO IL PROFUMO.
UCCI
UCCI
SENTO ODOR DI FEMMINUCCE.
DOVE?
FUORI.
ERMINIA, DONATELLA, FRANCESCHINA... È LA NOSTRA GIORNATA. VAI!
DONATELLA!
BELLA SIGNORA, SEMPRE AL SUO SERVIZIO.
MI LUSINGA, MA ANCORA NON SONO UNA SI-GNORA.
MA COME SIETE VESTITO? CHE SIA GIÀ CARNEVALE?

MA CHE DITE, DAMIGELLA. SIAMO COMPARI DELLA BALLA DELL'OCA E QUESTO È UN GIORNO DI FESTA PERCHÉ IL MIO AMICO QUI PRESENTE HA TERMINATO UN AFFRESCO CHE ENTRERÀ DRITTO NELLA STORIA DELL'ARTE. VOLETE PARTECIPARE?
...
PIACERE, ROBERTO.
MA GIÀ CI CONOSCIAMO, NO?
È UN POCO TIMIDO COME POTETE VEDERE, MA IL MIO AMICO È IL PIÙ BRAVO CON IL PENNELLO!
AH AH AH!
E QUANTO È BRAVO?
LO CHIAMANO TUTTI MAGNUS CHE VUOL DIRE...
IL PIÙ GRANDE!
...
SENTI SENTI, IL PRETINO. MA LE SAI DISEGNARE LE DONNE TU? QUELLE VERE, DICO. LE SAI DISEGNARE?
NE SO MOLTO IO DI ANATOMIA.
CHE STUPIDATA HO DETTO?!
SICURO, HA RIPETUTO TRE VOLTE L'ESAME! AH AH AH!
AH AH AH!
CHE FESSO CHE SONO.

SENTI CARLO, MA IO LE DONNE LE SO DISEGNARE?
QUELLE VERE, DICO, SECONDO TE LE SO DISEGNARE?
ECCOME SE LE SAI DISEGNARE!
CON TUTTE LE LORO COSE A POSTO. SEI UN VIRTUOSO.
SEI IL MAGNUS PICTOR...
MA NON SCHERZARE.
SONO ANCORA UN PRINCIPIANTE, LO SO.
LE DONNE SONO PIENE DI MISTERO, PER QUESTO LE CERCHIAMO COSÌ TANTO. MA TU DI DONNE NE SAI ALMENO QUANTO ME.
MA NON VOGLIO COMBATTERE CON LE PAURE DEL MIO PITTORE PREFERITO.
IO ANDREI A FESTEGGIARE ALLA BUCA DELLE CAMPANE. NON MI VORRAI MICA LASCIARE SOLO?
IO PASSO LA MANO, CARLO. STANOTTE MI ASPETTA UN DUELLO ALL'ULTIMO SANGUE CON CHI SO IO.
E SE NON VINCO, A TE LA CURA DEL MIO CADAVERE, AMICO.

DONATELLA?
ALLORA, MI SAI DISEGNARE?
PER COME SONO DAVVERO. DIMMI, ROBERTO, LO SAI FARE?
HAI SCIOLTO I CAPELLI. A DIRE IL VERO IO TI VEDO COME...
COME UN'EROINA DEI FUMETTI DI FLASH GORDON. DENTRO LA TUTA PER AVVENTURE SPAZIALI.
ALLORA MI METTO IL COSTUME.
MA DAVVERO SEI TU QUELLA CHE PROVO A DISEGNARE.
QUESTA SPECIE DI BERRETTO PIACE ANCHE A ME.
PRON-TA.
VUOI DELLE ARMI SPECIALI? VUOI DEI SUPERPOTERI O PREFERISCI UNA SPADA?

I SUPERPOTERI NON SERVONO.
BASTA UNA BELLA SPADA AFFILATA, NON TROPPO PESANTE SE PUOI.
HO FATTO ANNI DI SCHERMA DA BAMBINA.
SONO QUASI IMBATTIBILE.
GRRR!
?
VUOI VEDERLO, ROBERTO?
DONATELLA, IO VOGLIO DIRTI CHE... CIOÈ, TUTTO QUELLO CHE VUOI IO POSSO...

NON FARE IL SENTIMENTALE, E AIUTAMI A VINCERE IL MOSTRO. TI CI VORRÀ DEL TEMPO PER IMPARARE A DISEGNARE LE DONNE.
ARRG!
QUELLE VERE, INTENDO.
MI SA CHE IL DUELLO L'HO VINTO IO OGGI. CIAO MAGNUS.
FRRRT.
FRRRT.
FRRRT.
FRRR
MMMH.
PAOLA?
NO, ERO SVEGLIO. DIMMI.
COSA??
HANNO RUBATO UN MA-GNUS?!
STAI CALMA, CI VEDIAMO FRA POCO. ARRIVO.

IERI SERA ALLA CHIUSURA ERA TUTTO A POSTO.
STAMATTINA NON C'ERA PIÙ.
AVETE CONTROLLATO LE TELECA-MERE DEL MUSEO?
SPENTE. IL CUSTODE DICE CHE NON SA PERCHÉ.
MA COSA HANNO RUBATO? UNA TAVOLA DI UNKNOW?
NO, NON LO SCONO-SCIUTO.
LA COPERTINA NUMERO 9 DI NECRON.
VOGLIO TROVARE LO STRONZO CHE HA RUBATO UN MAGNUS.
MI AIUTERAI?
UNA COPERTINA DI NECRON.
TI AIUTERÒ, PAOLA.

*Negli anni dell'Accademia, Magnus faceva parte del gruppo goliardico la Balla dell'Oca, si firmava "pictor" e si divertiva a parodiare l'arte antica come nell'affresco qui riprodotto, eseguito nel 1961 per la Buca delle Campane, nota osteria bolognese.

SALVE SIGNOR TOFFOLO. ALLORA, COME VA LA SUA SCHIENA?
HO SENTITO CHE C'È LA MOSTRA DI UN FUMETTISTA FAMOSO IN CITTÀ.
SÌ, UNA RETRO-SPETTIVA SU MAGNUS. LA ORGANIZZA UNA MIA AMICA.
AVEVA RAGIONE LEI, MI FA PIÙ MALE DI PRIMA.
A LEI QUANDO DEDICHERANNO UNA BELLA MOSTRA?
LE MOSTRE MEGLIO DA MORTO.
MI HA PORTATO QUALCHE SUO LIBRO DA LEGGERE?
SONO USCITO DI FRETTA E MI SONO DIMENTICATO. COMUNQUE I MIEI FUMETTI IN BRAILLE NON LI HANNO ANCORA TRADOTTI.
AH AH.
È PERCHÉ SIAMO IN ITALIA. IN AMERICA CI SONO. MI PORTI QUALCOSA.
MI INTERESSANO.
PIEGHI LA TESTA SUL LETTINO, COME FACCIO IO.

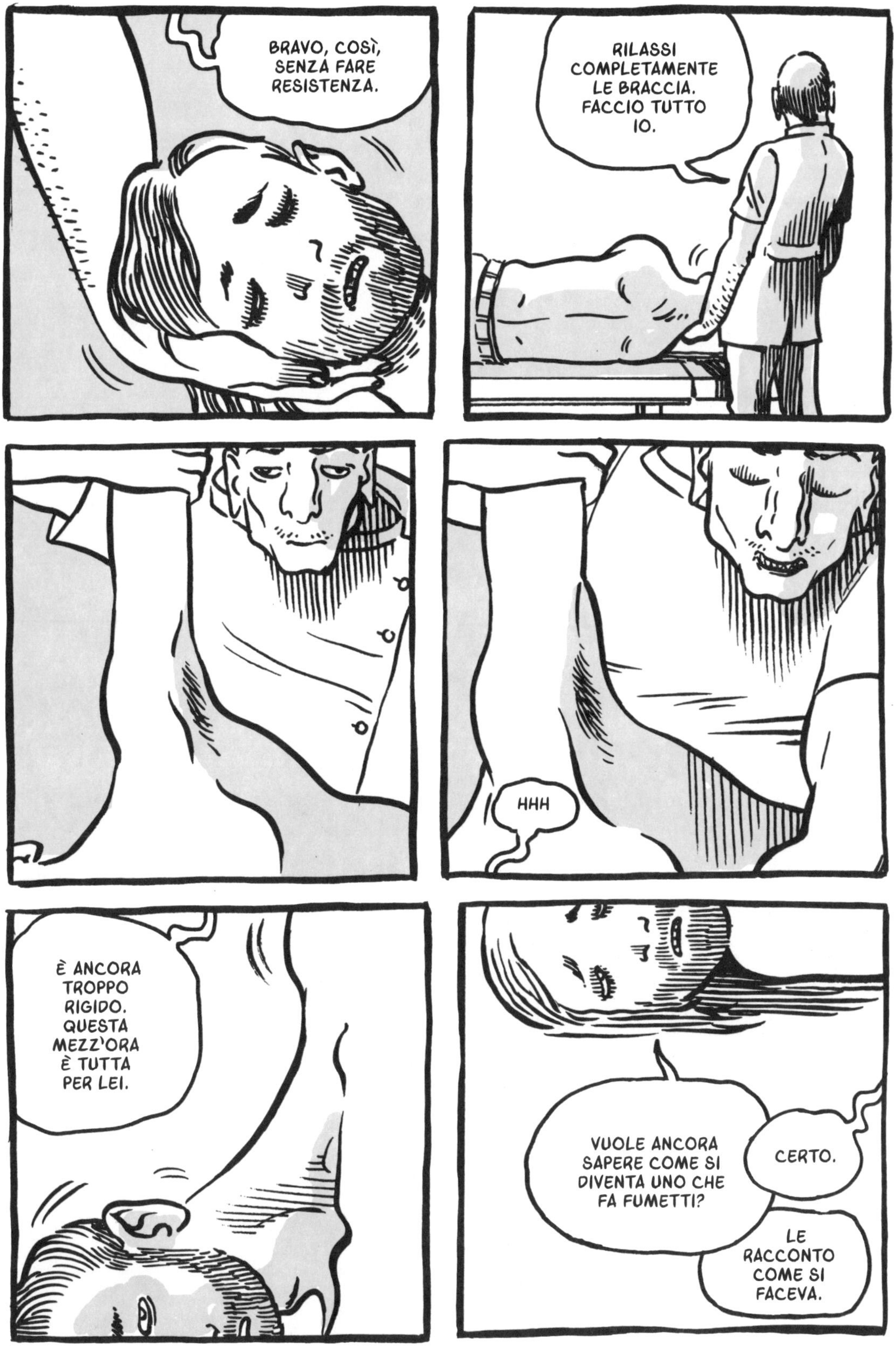
BRAVO, COSÌ, SENZA FARE RESISTENZA.
RILASSI COMPLETAMENTE LE BRACCIA. FACCIO TUTTO IO.
HHH
È ANCORA TROPPO RIGIDO. QUESTA MEZZ'ORA È TUTTA PER LEI.
VUOLE ANCORA SAPERE COME SI DIVENTA UNO CHE FA FUMETTI?
CERTO.
LE RACCONTO COME SI FACEVA.

I FUMETTI SI FACEVANO A MILANO. ERA L'ESTATE DEL 1963.
BISOGNAVA ANDARE A MILANO PER VERIFICARE IL SOGNO.
DISEGNI STRETTI SOTTO IL BRACCIO.
SE FA CALDO OGGI!
DIABOLIK?
FINITO.
MMH, BEL COLPACCIO.
PUÒ DIRLO FORTE.
MI PIACE.
MILANO.

SALVE, CERCO L'EDITRICE DARDO.
QUARTO PIANO, ASCENSORE SULLA DESTRA.
DISEGNATORE?
RAVIOLA ROBERTO, DA BOLOGNA.
SÌ, SONO DI BOLOGNA.
QUANTI ANNI HA?
24.
FACCIO L'INSEGNANTE DI DISEGNO. MI SONO DIPLOMATO IN SCENO-GRAFIA. ORA INSEGNO MA VORREI FARE I FUMETTI. PER QUESTO HO FATTO DELLE PROVE PER VOI.
HO ANCHE PUBBLICATO UN LIBRO PER BAMBINI, CON LA MALIPIERO. IL MAGO DI OZ, MA È A COLORI. LE PROVE INVECE SONO A CHINA.
SONO BELLE, MOL-TO.
LEGGO TUTTE LE VOSTRE PUBBLI-CAZIONI E...
MA SONO MOLTO PERSONALI.
PERSONALI, CERTO, LE HO FATTE IO...
CERCHIAMO DISEGNATORI REALISTICI.
LE SUE PIÙ CHE PROVE SEMBRANO INTERPRETA-ZIONI.
IL SUO TRATTO È, COME DIRE...
SI DICE SEGNO.
CON CHE COSA LE HA FATTE?
INCHIOSTRO CON IL PENNEL-LO, COME RAYMOND.
GROTTESCO?
QUASI COME RAYMOND, AH AH AH!
FACCIA QUALCHE ALTRA PROVA, SE VUOLE, MA DEVE GUARDARE ALBERTARELLI, NON SO... OPPURE C'È UN EDITORE DI MILANO CHE CERCA DISEGNATORI PER I SUOI PERSONAGGI NUOVI.

QUELLO CHE SCRIVE SI CHIAMA SECCHI, E L'EDITORE CORNO.
IL SUO TRATTO...
SEGNO. SI DICE SEGNO.
PERMESSO.
STANNO IN VIA PALADINI, VICINO A LAMBRATE.
CERCA CORNO?
SÌ.
QUARTO PIANO.
...
BUONGIORNO.
SALVE.
ANF.
ANF.
?
LA PORTA È APERTA, ENTRI.
SONO SUBITO DA LEI.

AVANTI.
AVANTI PREGO.
PERMESSO.
SNIFF!
UN ATTIMO SOLO E SONO DA LEI.
HA GIÀ MANGIATO?
NON ANCORA.
CIBO!
PIACERE, LUCIANO SECCHI, SCRITTORE.
PIACERE MIO. ROBERTO RAVIOLA, SAREI DISEGNATORE.
SONO IL DIRETTORE DELLA CASA EDITRICE CORNO. LEI CONOSCE LE NOSTRE PUBBLICA-ZIONI?
RISPONDO?
PERMETTE? FINISCO QUELLO CHE HO COMINCIATO, POI SONO SUBITO DA LEI. GRADISCE?
GRADISCO.

CREDO CHE RESTEREMO QUI ANCORA PER POCO. PENSO CHE GLI AFFARI CON I FUMETTI CRESCE-RANNO PRESTO. AVREMO BISOGNO DI UNA NUOVA SEDE PIÙ ADEGUATA.
LE VENDITE CRESCONO MA C'È BISOGNO DI METODO.
C'È BISOGNO DI STORIE CREDIBILI E DI IDEE.
CHE COSA NE PENSA DEI MIEI DISEGNI?
MI PIACCIONO. MI PIACE IL TRATTO COSÌ MARCATO.
IL SEGNO.
MI RICORDA QUALCOSA CHE NON È ITALIANO. QUALCOSA DI ESOTICO.
STO PREPARANDO DEI PERSONAGGI NUOVI. PER QUESTO CERCO DISEGNATORI.
CONOSCE QUESTO?
...
DIABOLIK
IL RE DEL TERRORE

CERTO, DIABOLIK. E CHI NON LO CONOSCE?!
DIABOLIK È UN'IDEA. MA POSSIAMO ANDARE OLTRE.
QUESTO SECCHI NE SA.
SI PUÒ OSARE DI PIÙ. POSSIAMO SCAVARE DI PIÙ I PERSONAGGI.
MA I MIEI DISEGNI? CHE COSA PENSA DEI MIEI DISEGNI?
LE HO GIÀ DETTO COSA PENSO.
SONO BELLI, MA IL LAVORO CHE DOVREMO FARE VA IN UN'ALTRA DIREZIONE.
MEGLIO SE STO ZITTO.
DUE VIGNETTE A PAGINA.
LA DIMENSIONE DEL GIORNALINO SARÀ COME DIABOLIK.
RIDUCE I COSTI DI STAMPA...
E POI È FACILE DA TENERE IN MANO ANCHE QUANDO SI VA IN TRENO A LAVORARE. QUESTO ALBETTO È UN'IDEA. UNA COSA CHE NON C'ERA E ORA È 'LA VIA'. HO UN PERSONAGGIO NUOVO SUL QUALE STO LAVORANDO, CHE NON È FANTASCIENZA E NEANCHE WESTERN.
È UN FUORILEGGE, INGLESE, CON UNA MASCHERA DA MORTO SULLA FACCIA. SI CHIAMERÀ SATANIK O KRIMINAL, ANCORA NON HO DECISO.
IDEE!

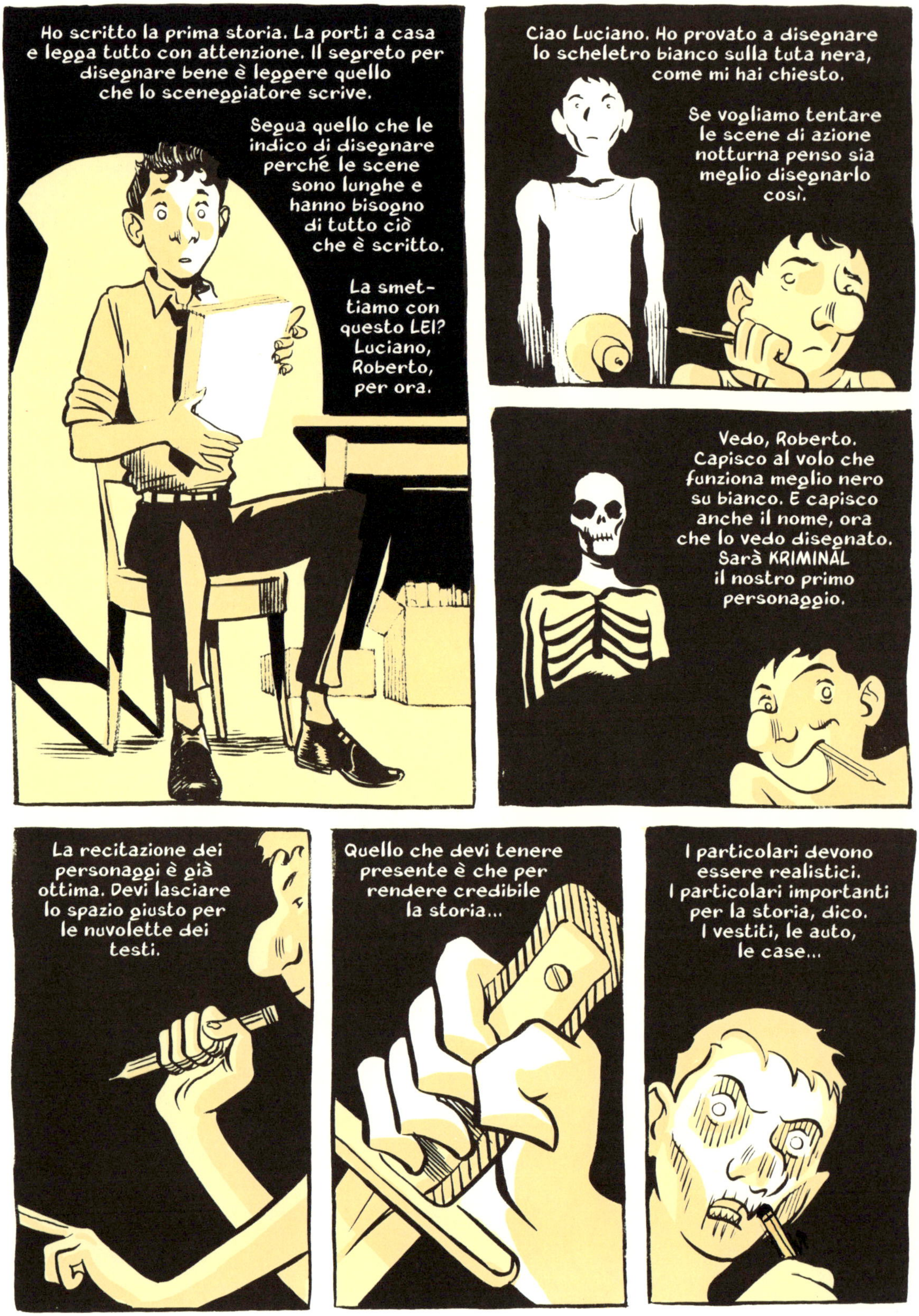
Ho scritto la prima storia. La porti a casa e legga tutto con attenzione. Il segreto per disegnare bene è leggere quello che lo sceneggiatore scrive.
Segua quello che le indico di disegnare perché le scene sono lunghe e hanno bisogno di tutto ciò che è scritto.
La smet-tiamo con questo LEI? Luciano, Roberto, per ora.
Ciao Luciano. Ho provato a disegnare lo scheletro bianco sulla tuta nera, come mi hai chiesto.
Se vogliamo tentare le scene di azione notturna penso sia meglio disegnarlo così.
Vedo, Roberto. Capisco al volo che funziona meglio nero su bianco. E capisco anche il nome, ora che lo vedo disegnato. Sarà KRIMINAL il nostro primo personaggio.
La recitazione dei personaggi è già ottima. Devi lasciare lo spazio giusto per le nuvolette dei testi.
Quello che devi tenere presente è che per rendere credibile la storia...
I particolari devono essere realistici. I particolari importanti per la storia, dico. I vestiti, le auto, le case...

Ma soprattutto i pugnali, le pistole, i fucili. Le armi, quelle devi disegnarle realistiche.
Ti sembra un pugnale che fa paura questo?
Dobbiamo costruire un archivio per la documentazione delle cose che dovrai disegnare. Delle cose e delle facce dei personaggi.
LUG(H)ER! TEDESCA!
Cercheremo di uscire con il giornalino ogni 30 giorni.
Sono 120 tavole da produrre in un mese. Tu quante tavole fai al giorno?
Le sai disegnare le donne?
Anche di queste dovremo fare un bell'archivio. AH AH AH!

Usciremo in estate del prossimo anno. Non possiamo lasciare solo Diabolik. Ah ah ah!
ANF!
ANF!
ANF!
DA QUANTO SEI RINCHIUSO QUA, NOVELLO SALGARI?
DA QUANTO?
DA 74 TAVOLE!

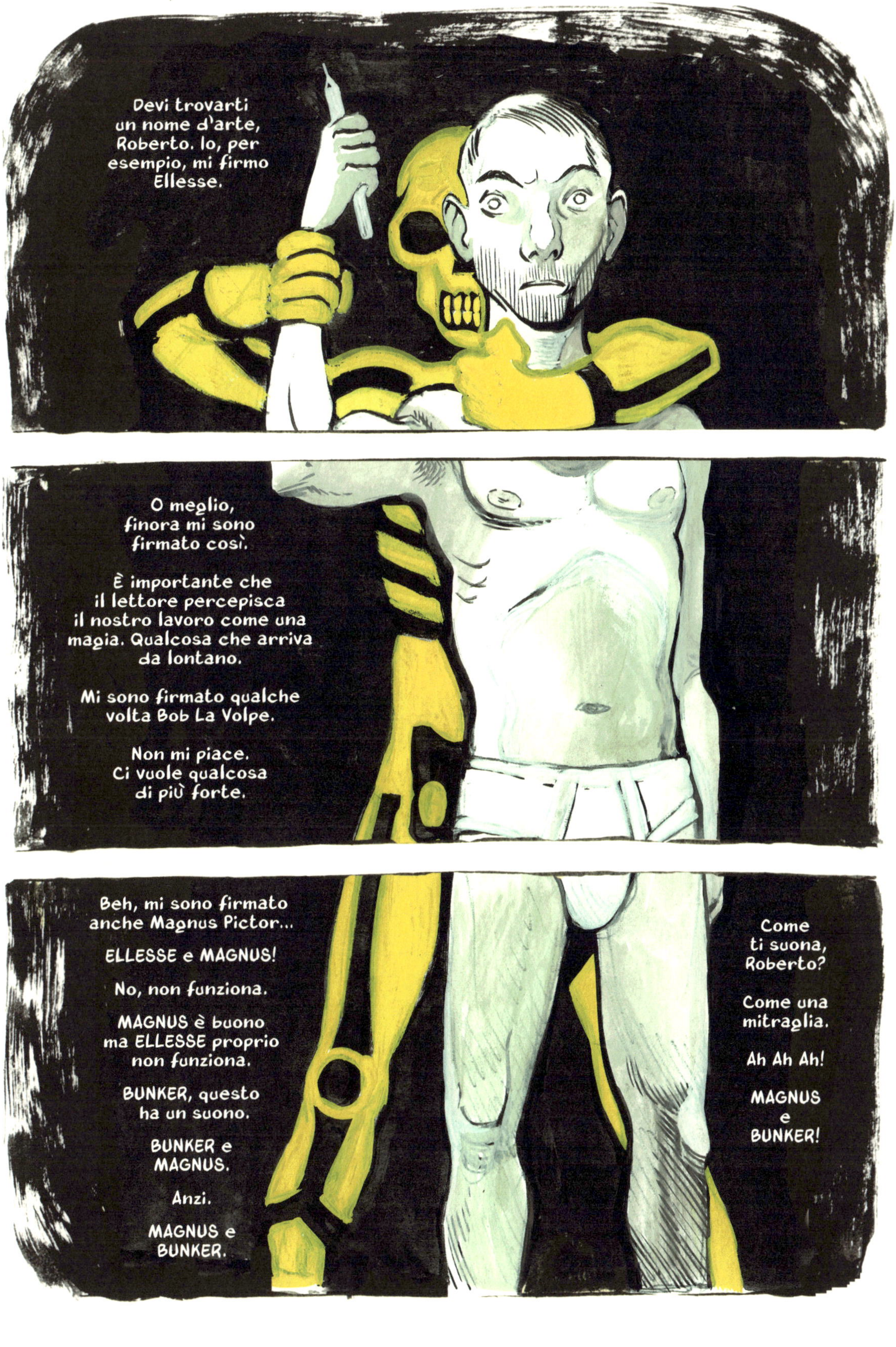
Devi trovarti un nome d'arte, Roberto. Io, per esempio, mi firmo Ellesse.
O meglio, finora mi sono firmato così.
È importante che il lettore percepisca il nostro lavoro come una magia. Qualcosa che arriva da lontano.
Mi sono firmato qualche volta Bob La Volpe.
Non mi piace. Ci vuole qualcosa di più forte.
Beh, mi sono firmato anche Magnus Pictor...
ELLESSE e MAGNUS!
No, non funziona.
MAGNUS è buono ma ELLESSE proprio non funziona.
BUNKER, questo ha un suono.
BUNKER e MAGNUS.
Anzi.
MAGNUS e BUNKER.
Come ti suona, Roberto?
Come una mitraglia.
Ah Ah Ah!
MAGNUS e BUNKER!

E CHE NE SARÀ STATO DI QUEGLI ADOLESCENTI CRESCIUTI CON KRIMINAL?
BISOGNE-REBBE FARE UNO STUDIO... SU DI ME.
AH AH AH. PUÒ RIVESTIRSI SIGNOR TOFFOLO E CI VEDIAMO LA PROSSIMA SETTIMANA. PENSO CHE DA DOMANI POTRÀ RICOMIN-CIARE A SEDERSI E ANCHE A LAVORARE.
SE NON FOSSE COSÌ, DOMATTINA PRESTO LA BUTTO GIÙ DAL LETTO.
NON PENSAVO CHE STARE LONTANO DAL DISEGNO SAREBBE STATO COSÌ DIFFICILE PER ME.
VOGLIO SAPERNE ANCORA SU QUESTO MAGNUS.
ANDIAMO A VEDERE LA MOSTRA ASSIEME?
CON I SUOI OCCHI.
CERTO.
IL RESTO LO PORTI LEI.

E COME FA A SCEGLIERE I VESTITI?
BELLA DOMANDA, SIGNOR TOFFOLO. COME FACCIO A SCEGLIERE I VESTITI...
MI PIACCIONO I MAGLIONI DI LANA GREZZA. E LE CAMICIE DI COTONE D'INGHILTERRA.
E ANCHE I JEANS LEVI'S. MODELLO 501.
MA LEI VUOLE SAPERE DEI COLORI. COME FA UN CIECO CON I CALZINI?
A DIRE LA VERITÀ A QUESTO CI PENSA MIA MOGLIE.
ALLA MATTINA QUANDO SONO VESTITO MI GUARDA. SE PROPRIO HO SBAGLIATO ABBINAMENTO...
ME LO DICE.
TIC
AH!

CHE COSA LE PIACE COSÌ TANTO DI QUESTO DISEGNATORE? PERCHÉ SA TUTTE QUESTE COSE SU DI LUI?
LEI NON LO PUÒ VEDERE, MA LE ASSICURO CHE È BRAVISSIMO... SCHERZO. CREDO CHE QUELLO CHE LEGGI DA BAMBINO DIVENTI PARTE DI TE, E QUANDO ERO BAMBINO IO MAGNUS ERA SEMPRE IN EDICOLA.
DISEGNAVA IL SUO PERSONAGGIO PIÙ FAMOSO. SEMPRE SCRITTO DA BUNKER, ALAN FORD. LO CONOSCE?
SÌ, CONOSCO ALAN FORD, ME LO RICORDO.
L'HANNO DATO ANCHE IN TELEVISIONE.
IL GRUPPO DI AGENTI SEGRETI, IL VECCHIO SULLA SEDIA A ROTELLE, IL CONTE DECADUTO E LA SPALLA BOB ROCK, ALLA QUALE CAPITA DI TUTTO. ME LO LEGGEVA MIO FRATELLO MAGGIORE.
DAVVERO? CHE STILE HA MAGNUS?
CON QUEL GIORNALINO HO CONOSCIUTO IL SUO STILE. SA CHE HO VISTO IL MONDO COME LO VEDEVA LUI, PER MOLTO TEMPO?
SE LO PUÒ SPIEGARE, OVVIA-MENTE.
CI PROVO. ALAN FORD ERA DISEGNATO CON UN REGISTRO COMICO, COME UNA NUOVA COMMEDIA DELL'ARTE. TUTTI I PERSONAGGI ERANO CARATTERIZZATI E RECITAVANO COME GRANDI ATTORI..
E I PALAZZI E LE COSE E GLI ANIMALI... SÌ, ECCO, MAGNUS AVEVA UN SUO MODO DI VEDERE IL MONDO. SE LEI POTESSE VEDERE ANCHE SOLO UN PARTICOLARE, CHE NE SO, UNA PIETRA DI UN MURO O UNA MANO, RICONOSCEREBBE CHE L'HA DISEGNATO LUI.
SI CHIAMA SEGNO. È UNICO, COME IL TIMBRO DI UNA VOCE.
MAGNUS È DIVENTATO RICCO COL SUO LAVORO?

MI SEMBRA CHE SI SIA UN POCO IRRIGIDITO. FORSE È UNA DOMANDA IMPERTINENTE? MI SCUSI SA, IO HO VISSUTO TANTO TEMPO IN AMERICA E LÌ NON CI SONO PUDORI A PARLARE DI SOLDI.
NON MI SONO IRRIGIDITO. È CHE LA SCHIENA MI FA MALE E... VA BENE, NON SONO I SOLDI IL MIO ARGOMENTO PREFERITO. CREDO CHE IL LAVORO VALGA PER SE STESSO. NON NEL SUO RISULTATO... ECONOMICO.
A ME QUELLO CHE INTERESSA DI MAGNUS È LA SUA ARTE. LA MOSTRA CHE ANDIAMO A VEDERE...
CHE IO VEDRÒ ANCHE PER LEI. CIOÈ... MI SCUSI, CONTINUO A FARE GAFFES.
VOI ARTISTI SIETE TUTTI PARTICOLARI. AH AH AH, COME VI INVIDIO.
SA QUANTE TAVOLE HA DISEGNATO MAGNUS? 35.000. SI RENDE CONTO? 35.000 TAVOLE PUBBLICATE.
LE POSSO OFFRIRE UNA COSA AL BAR?
COMUNQUE A ME PIACE COME PARLANO DEI SOLDI IN AMERICA, NON CI VEDO NIENTE DI MALE. COME ARTISTA IO VALGO... OK OK, ANDIAMO AL BAR.
NON SI PREOCCUPI, FACCIO DA SOLO.
E COSÌ PER LEI MAGNUS È UNA SPECIE DI MAESTRO. E QUANTI ANNI AVEVA QUANDO È MORTO?
ERA VECCHIO?
AVEVA 57 ANNI. ERA NATO IL 31 MAGGIO DEL 1939. DA BAMBINO HA VISSUTO LA GUERRA A BOLOGNA.

RACCONTAVA SPESSO DELLA CITTÀ, DEI TEDESCHI, DEI PARTIGIANI E DELLE SUE AVVENTURE DI BAMBINO.
DI BOLOGNA SOTTO I BOMBARDAMENTI.
DELLA VOLTA CHE, CERCANDO DI NASCONDERSI NEL SOLITO RIFUGIO, VENNE DISTRATTO DA UNA COSA STRANISSIMA.

UNA BOMBA D'AEREO INESPLOSA,
CADUTA DENTRO UNA TOPOLINO.
UNA BUGIA COME QUELLE DEL BARONE DI MÜNCHHAUSEN.
DISTRATTO DALLA VISIONE NON RIUSCÌ A RAGGIUNGERE IL RIFUGIO E SI NASCOSE DENTRO UNA CANTINA.

TROVÒ UN LAPIS E DISEGNÒ NELLA PENOMBRA SOPRA UN GIORNALE LA STORIA DI UN BAMBINO CHE VOLAVA SU UNA BOMBA.
IL GIORNO DOPO SCOPRÌ CHE IL RIFUGIO CHE NON AVEVA TROVATO ERA STATO BOMBARDATO E CHE ERA SALVO PER MIRACOLO.
PARE CHE PER QUESTO MOTIVO PER LUI FU PIÙ FACILE DEDICARSI AI FUMETTI IN MODO TOTALE.
Z
Z
Z
QUINDI È STATO UN RAGAZZO DEL DOPOGUERRA.
MA CHE FACCIA AVEVA MAGNUS?
VEDIAMO UN PO'.
SE SONO UN DISE-GNATORE DA QUALCHE PARTE...
DOVREI AVERE UNA... ECCOLA.
CHE SCHERZO MI STA PER FARE?
NESSUNO SCHERZO. VUOLE VEDERE LA FACCIA DI MAGNUS?
NON SO SE FUNZIONA, MA IO CI PROVO.

RILASSI LA MANO. LA GUIDO IO.
FACCIAMO UN RITRATTO DI COME ERA QUANDO L'HO CONOSCIUTO.
AVEVA UN NASO IMPORTANTE.
E I BAFFI COME EMILIO SALGARI, A MANUBRIO.
AVEVA IL CRANIO RASATO COL RASOIO.
AH AH, E QUESTO? L'ORECCHIO?
COME UN BONZO.
E I COLORI?
QUELLI NON SERVONO, LI IMMAGINI LEI.
POSSO TENERLO PER REGALO?
FRIIII
FRIIII
FRIIII

FRIIII
FRIIII
FRIIII
PAOLA.
CIAO. SIAMO AL BAR QUI DI FRONTE ALLA MOSTRA. SONO CON UN AMICO. UNO CHE SI STA APPASSIONANDO AI FUMETTI.
PENSO SIA ANCHE COLPA TUA, AH AH AH. TI ASPETTIAMO.
DI COSA È MORTO? DOVE VIVEVA?
CANCRO AL PANCREAS.
QUANDO MORÌ VIVEVA IN UN ALBERGO A CASTEL DEL RIO, SULLE COLLINE DI IMOLA. NELLO STESSO ALBERGO VIVEVA ANCHE BONVI, IL CAPITANO BONVI-CINI, QUELLO DELLE STURM-TRUPPEN.
ENTRA CAPITANO CHE FAI, TITUBI?
ALBERGO
GALLO
QUINDI C'È O NON C'È? COSA DICONO GLI ESAMI?
CAPITANO, TUO CAPI-TANO...

C'È. GLI ESAMI LO DICONO.
SULLA PARTE ALTA DEL PANCREAS.
E CHE VUOI FARE, ASPETTARE DI MORIRE?
DOVREI SMETTERE DI FUMARE.
MA MI È DIFFICILE.
DOVREI FARLA FINITA CON IL CAFFÈ.
MA IL MIO PALATO RABBRIVIDISCE ALL'IDEA.
DOVREI ANCHE RIPOSARE.
MA IL RANGER MI VUOLE CON LUI. A FERMARE I MALVAGI.

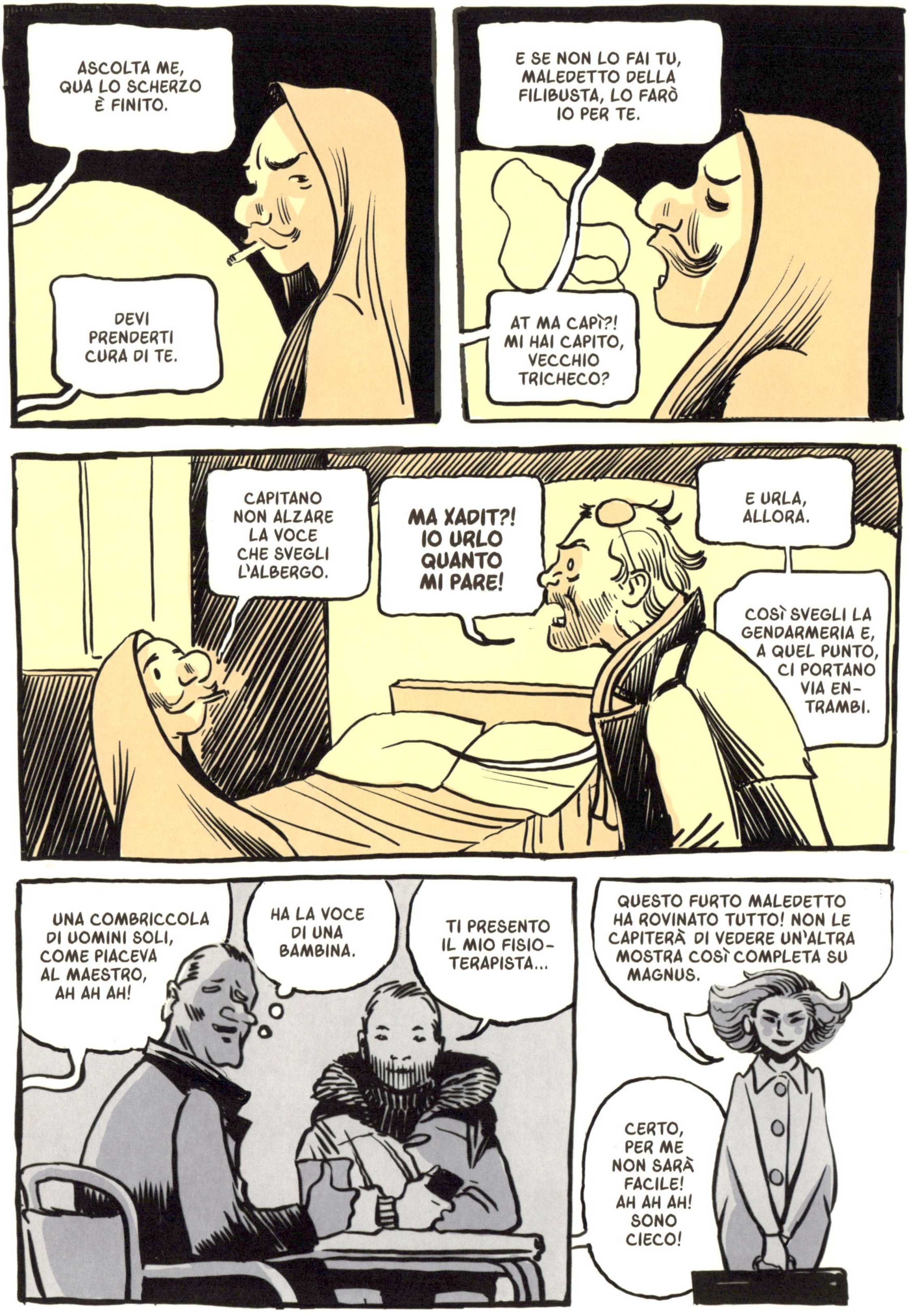
ASCOLTA ME, QUA LO SCHERZO È FINITO.
DEVI PRENDERTI CURA DI TE.
E SE NON LO FAI TU, MALEDETTO DELLA FILIBUSTA, LO FARÒ IO PER TE.
AT MA CAPÌ?! MI HAI CAPITO, VECCHIO TRICHECO?
CAPITANO NON ALZARE LA VOCE CHE SVEGLI L'ALBERGO.
MA XADIT?! IO URLO QUANTO MI PARE!
E URLA, ALLORA.
COSÌ SVEGLI LA GENDARMERIA E, A QUEL PUNTO, CI PORTANO VIA EN-TRAMBI.
UNA COMBRICCOLA DI UOMINI SOLI, COME PIACEVA AL MAESTRO, AH AH AH!
HA LA VOCE DI UNA BAMBINA.
TI PRESENTO IL MIO FISIO-TERAPISTA...
QUESTO FURTO MALEDETTO HA ROVINATO TUTTO! NON LE CAPITERÀ DI VEDERE UN'ALTRA MOSTRA COSÌ COMPLETA SU MAGNUS.
CERTO, PER ME NON SARÀ FACILE! AH AH AH! SONO CIECO!

È LA MOSTRA PIÙ COMPLETA CHE SIA STATA FATTA DOPO LA SUA MORTE. CERTO ANCHE PRIMA NON ERA FACILE CONVINCERLO AD ESPORRE GLI ORIGINALI.
MAGNUS AVEVA UN CARATTERINO, DICIAMO, LUNARE.
ALCUNI SUOI FAN SONO OSSESSIONATI.
Magnus
IL GRANDE MAGNUS. NON CI SONO ALTRI AGGETTIVI PER LUI.
TI ASSICURO DAVIDE CHE È LA MIGLIOR MOSTRA DI FUMETTI CHE IO ABBIA VISTO.
LA VILLA SI PRESTA, CON TUTTE LE SUE STANZE. ASSOMIGLIA AD UNA SPECIE DI GRANDE CASA. A ME È SEMPRE PIACIUTA.
È PROPRIO COSÌ. UNA CASA ENORME DA RIEMPIRE. NON È STATO FACILE.
MAGNUS HA VENDUTO TUTTO QUELLO CHE HA DISEGNATO. PER QUESTO MOTIVO È STATO DIFFICILE RECUPERARE I MATERIALI. E ORA UNO STRONZO MI ROVINA TUTTO CON UN FURTO! VI FACCIO STRADA.

COME HANNO FATTO A RUBARE UN MAGNUS?
STANNO PER ARRIVARE I CARABINIERI, MI DICEVA TOFFOLO.
È SUCCESSO IERI, DURANTE LA PRESENTAZIONE DEL LIBRO NUOVO DI UN'AUTRICE. IN QUEL MOMENTO C'ERA E STAMATTINA NO. L'EVENTO ERA AD INVITI, QUINDI LI CONOSCO TUTTI, E SONO RINTRACCIABILI. PER LE INDAGINI, DICO.
PENSI CHE CI SARANNO DELLE INDAGINI VERE?
COME NEI ROMANZI GIALLI?
IO VOGLIO CHE CI SIANO DELLE INDAGINI E CHE LO METTANO DENTRO, MALEDETTO.
MA IL TUO AMICO DAVVERO NON CI VEDE! NON HO PREPARATO OPUSCOLI INFORMATIVI IN BRAILLE.
CERTO SONO CIECO MA MICA SORDO. SE MI RACCONTA, PROFESSORESSA, IO POSSO SEGUIRLA.
NON SONO TANTO BRAVA A RACCONTARE, DOVRESTI FARLO TU DAVIDE.
NON FARE LA TIMIDA, PAOLA, RACCONTA.

HO IMMAGINATO UN PERCORSO CRONOLOGICO. C'È LA SALA DEGLI ESORDI, POI QUELLA DEGLI ANNI 60 CON KRIMINAL E SATANIK FINO A GESEBEL E MAXMAGNUS.
SONO TUTTI ORIGINALI? HAI TROVATO ALTRO?
SÌ, TUTTI ORIGINALI, TAVOLE FINITE E ALTRE PREPARATORIE. COME TI DICEVO MAGNUS HA VENDUTO TUTTO QUELLO CHE HA DISEGNATO.
ALLA FAMIGLIA SONO RIMASTE
MOLTE DELLE PREPARAZIONI DELLE TAVOLE, UTILI PER CAPIRE COME LAVO-RAVA.
COMUN-QUE HO TROVATO TUTTO!
AH AH AH!
SONO UN SEGUGIO!

HO DEDICATO LA SALA PIÙ GRANDE AL SUO PERSONAGGIO PIÙ FAMOSO, LO SCONOSCIUTO.
MA MI SONO DIVERTITA ANCHE CON NECRON.
IN QUEI DISEGNI CI SONO UNA FOLLIA E UNA PERFEZIONE AFFASCINANTI. CRUDELE E IRONICO. EROTICO E COMICO. SADOMASOCHISTA E COMICO. AH AH AH.
TI SEI DIVERTITA.
CERTO, ALTRIMENTI NON LO FAREI. ORGANIZZARE MO-STRE, DICO. MICA LO FACCIO PER SOLDI.
BEH, SE NON TROVANO IL LADRO, ALMENO CHE RITROVINO IL PEZZO.
E CHE PEZZO HANNO RUBATO?
LA COPERTINA NUMERO 9 DI NECRON.
EVIDENTE CHE IL LADRO È UN MASCHIO.

Ciao Roberto, ecco la nuova sceneggiatura per Satanik. C'è uno spogliarello come prima scena. Mi raccomando la biancheria intima. Copiala dal postal market che ti ho mandato. E freghiamocene del codice di autoregolamentazione. Ho trovato un buon Avvocato. Buon lavoro.
Semper tuo Max.
MARY SEI BRUTTA, POVERA E INDESIDERABILE. MA QUELLO CHE NON HA FATTO LA NATURA DEVE FARLO LA SCIENZA. È UN RISCHIO ENORME, SE L'ESPERIMENTO FALLISCE. POTREI MORIRE MA, TANTO, PIUTTOSTO CHE CONTINUARE UNA VITA COSÌ...
SE LA TEORIA DA ME ELABORATA È ESATTA...
VIVRÒ UNA NUOVA VITA. ALTRIMENTI SARÀ LA MORTE.
AVANTI MARY, TRANGUGIA. VEDIAMO SE LA SCIENZA SCONFIGGE LA NATURA.

DAMMI UN BACIO, UN LUNGO BACIO DELL'OBLIO. CHE CANCELLI NELLA MIA MEMORIA TUTTE LE UMILIAZIONI CHE HO PATITO.
NO! NON PUÒ SUCCEDERE PROPRIO ADESSO! VOGLIO RESTARE BELLA...
?!
DAMMI LA POZIONE, ROBERTO!
VOGLIO TORNARE BELLA! DOVE HAI MESSO LA POZIONE?
AH AH AH AH AH AH!!!

CODICE DI AUTOREGOLAMENTAZIONE DELL'EDITORIA A FUMETTI CIRCA IL SESSO, ITALIA, 1961.
1) è proibito trattare scene d'amore e atti sessuali.
2) sono proibite le nudità e le scene sconvenienti.
3) ogni personaggio deve essere presentato in abiti accettabili dal buon gusto e dalla decenza.
4) non si deve accentuare o sottolineare alcuna parte del fisico...
... in particolare...
...della donna.

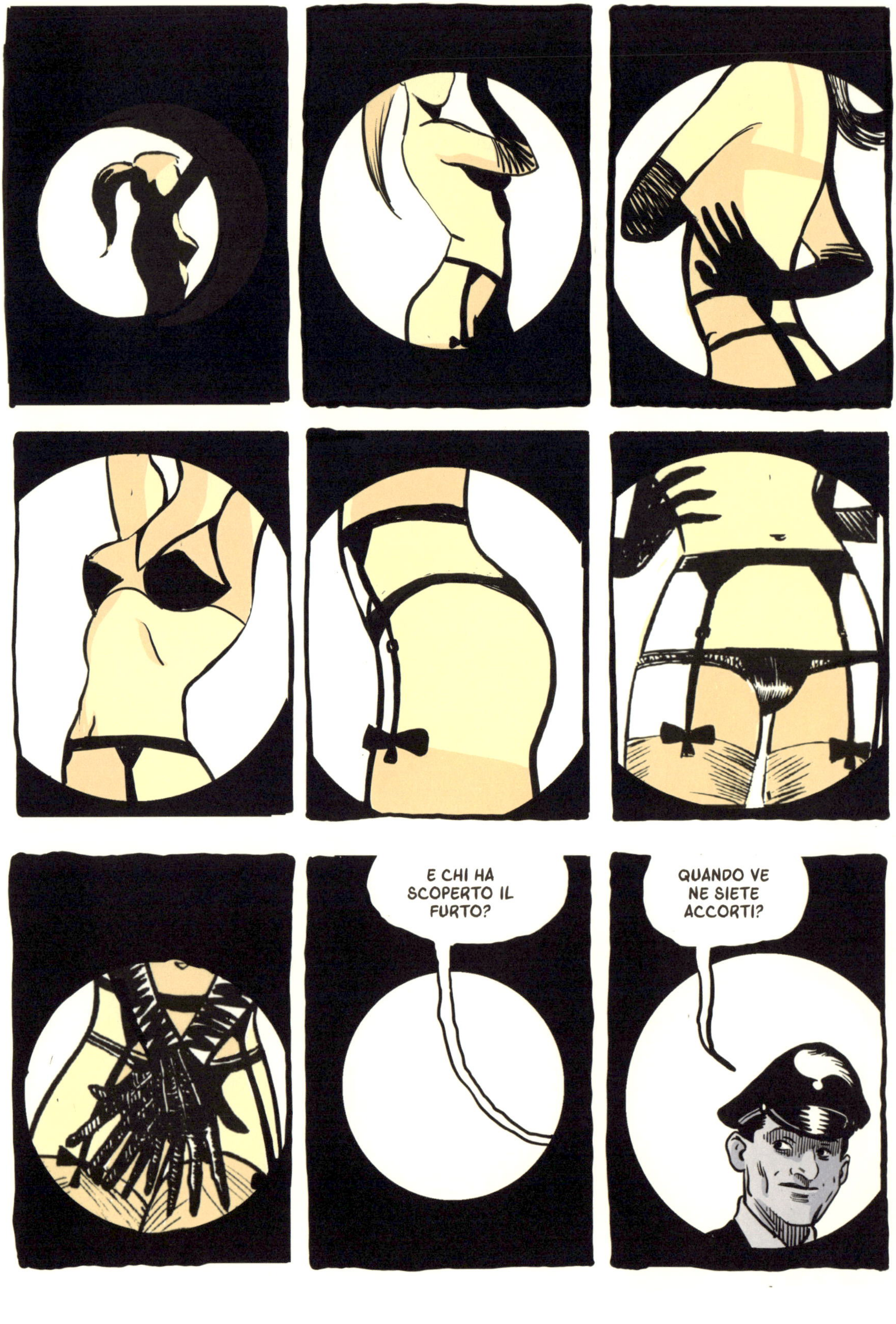
E CHI HA SCOPERTO IL FURTO?
QUANDO VE NE SIETE ACCORTI?

L'HO SCOPERTO IO, SONO LA CURATRICE, PAOLA BISTROT.
È SUCCESSO IERI DURANTE UNA PRESENTAZIONE. LA GENTE CHE C'ERA ASCOLTAVA LA CONFERENZA E LUI HA POTUTO RUBARE IL MAGNUS.
PRENDETE LE IMPRONTE DALLA TECA ROTTA E CONTROLLATE TUTTI QUELLI CHE C'ERANO IERI!
CALMA CALMA, DOTTO-RESSA BRISTOT. MI VUOLE RUBARE IL MESTIERE?
MI PRESENTO, SONO IL MARESCIALLO OLIVA...
BISTROT.
... DEL NUCLEO TUTELA PATRIMONIO ARTI-STICO,
CON ME C'È IL BRIGADIERE FANTUZZI.
COMANDI MARESCIALLO!
QUESTO COMUNQUE VIENE CON NOI IN CASERMA.

QUINDI AMMETTE CHE QUESTO SACCHETTO, RINVENUTO NEL SUO BAGNO NELLA PERQUISIZIONE IN ATTO, SIA DI SUA PROPRIETÀ?
SÌ, È DI MIA PROPRIETÀ.
PORTIAMO LE PROVE PER ULTERIORI INDAGINI IN CASERMA.
INTANTO PARTIRÀ UNA DENUNCIA PER FURTO VERSO IGNOTI E IL DISEGNO ENTRERÀ NELLA LISTA DELLE OPERE D'ARTE ITALIANE RICERCATE.
CI SEGUA IN CASERMA, SIGNOR RAVIOLA.
LA DICHIARO IN ARRESTO PER DETENZIONE E USO DI SOSTANZE STUPEFACENTI.
LE CONSIGLIO DI CHIAMARE SUBITO UN AVVOCATO. NE AVRÀ BISOGNO.
DAVVERO È LEI IL DISEGNATORE DI ALAN FORD? IO LO PRENDO TUTTI I MESI.
PARLO SOLO DAVANTI AL MIO AVVOCATO.

CAPITOLO 3

AZIONE

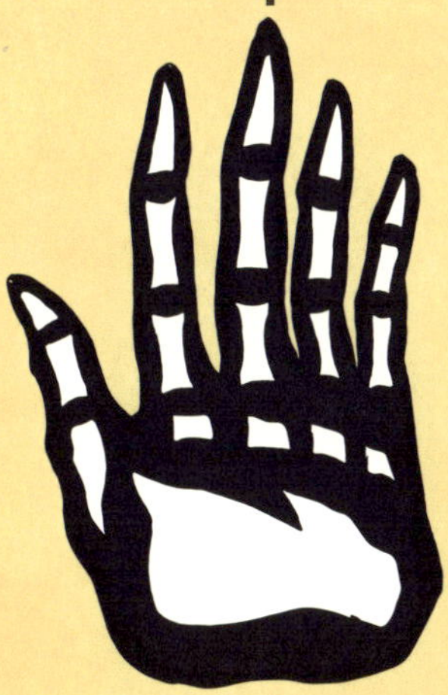

NON È UN VERO INTERROGATORIO, SIGNOR RAVIOLA. DICIAMO CHE È UN UNA CHIACCHIERATA FRA ADULTI. CERTO È CHE QUELLO CHE ABBIAMO TROVATO A CASA SUA, SIGNOR RAVIOLA...
NON PUÒ ESSERCI ARRIVATO DA SOLO E SE VOLESSE COLLABORARE... RENDEREBBE TUTTO PIÙ FACILE.
SE MI DICESSE IL NOME DI CHI LE HA VENDUTO L'HASHISH POTREBBE FINIRE TUTTO QUI
E POTREBBE TORNARE A CASA FORSE ANCHE STASERA.
LO USO PER PROFUMARE LA STANZA.
CAPISCO CHE È PER USO PERSONALE, MA PER LA LEGGE NON FA GRANDE DIFFERENZA.

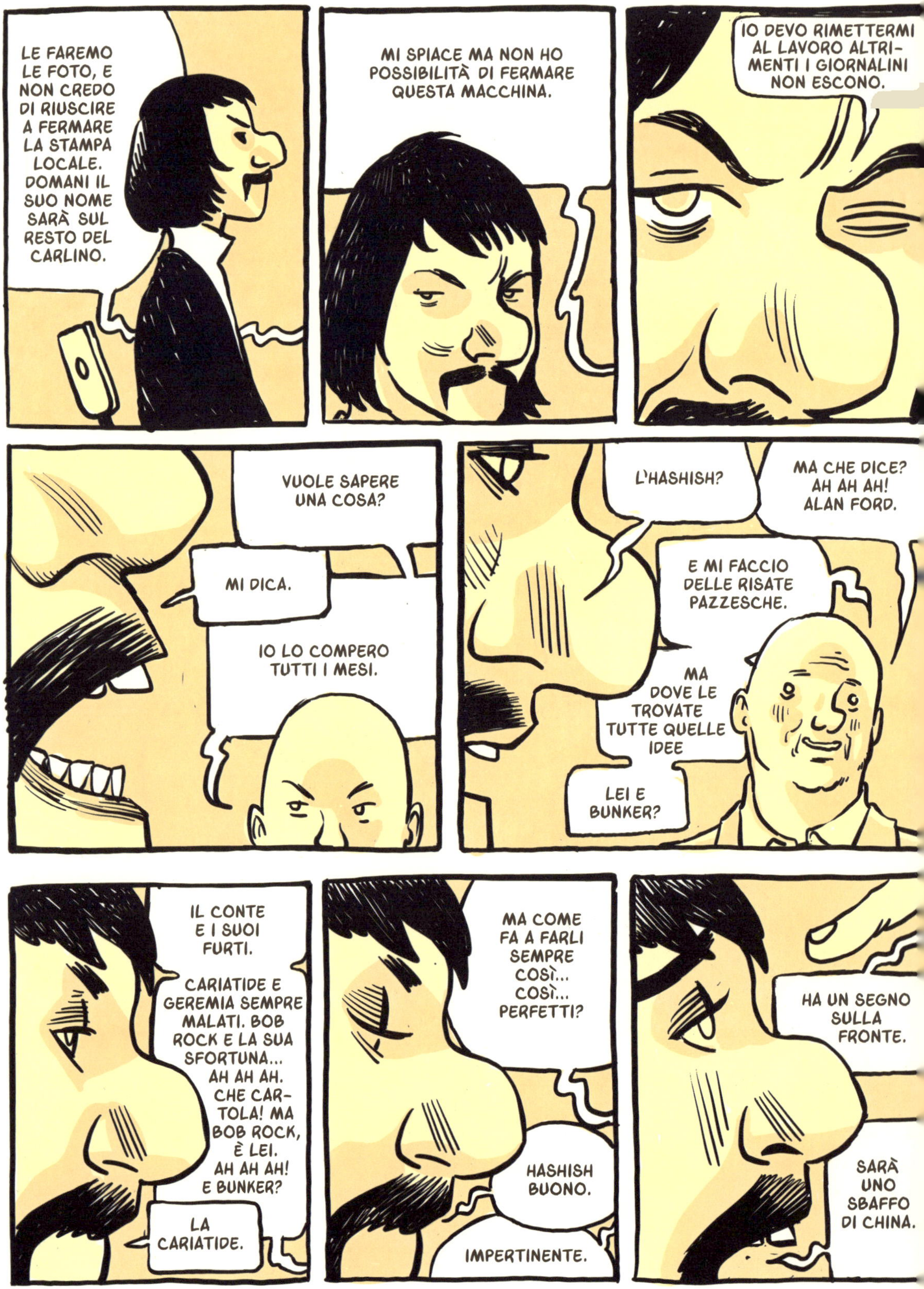
LE FAREMO LE FOTO, E NON CREDO DI RIUSCIRE A FERMARE LA STAMPA LOCALE. DOMANI IL SUO NOME SARÀ SUL RESTO DEL CARLINO.
MI SPIACE MA NON HO POSSIBILITÀ DI FERMARE QUESTA MACCHINA.
IO DEVO RIMETTERMI AL LAVORO ALTRI-MENTI I GIORNALINI NON ESCONO.
VUOLE SAPERE UNA COSA?
MI DICA.
IO LO COMPERO TUTTI I MESI.
L'HASHISH?
MA CHE DICE? AH AH AH! ALAN FORD.
E MI FACCIO DELLE RISATE PAZZESCHE.
MA DOVE LE TROVATE TUTTE QUELLE IDEE
LEI E BUNKER?
IL CONTE E I SUOI FURTI.
CARIATIDE E GEREMIA SEMPRE MALATI. BOB ROCK E LA SUA SFORTUNA... AH AH AH. CHE CAR-TOLA! MA BOB ROCK, È LEI. AH AH AH! E BUNKER?
LA CARIATIDE.
MA COME FA A FARLI SEMPRE COSÌ... COSÌ... PERFETTI?
HASHISH BUONO.
IMPERTINENTE.
HA UN SEGNO SULLA FRONTE.
SARÀ UNO SBAFFO DI CHINA.

I CARABI-NIERI MI HANNO DETTO DI CERCARE BENE ATTORNO ALLA VILLA.
CHE SOLITAMENTE I LADRI PER LIBERARSI DELLA REFURTIVA LA LASCIANO VICINO AL LUOGO DEL FURTO.
MA IO PENSO CHE NON SI TRATTI DI UN LADRO TIPICO.
PENSA SIA STATO COM-MISSIONATO?
PEGGIO.
PENSO SIA STATO UNO DEI PRESENTI ALLA MOSTRA.
UNO DI QUELLI CHE HANNO PARTECIPATO ALLA PRESENTAZIONE.
QUINDI PENSI A QUALCUNO CHE CONOSCI. QUALCUNO DEL TUO GIRO.
SE I CARABINIERI NON FANNO L'INDAGINE, IO ME LA FACCIO DA SOLA.
IN CHE SENSO?
LI INVITO A CASA MIA UNO PER UNO E LI INTERROGO.

E COSA RAPPRESENTA LA COPERTINA RUBATA?
SULLO SFONDO C'È LA DOTTORESSA BOHER SENZA MUTANDE CHE GIRA UN MANUBRIO DI FERRO.
E IN PRIMO PIANO NECRON, UNA SPECIE DI FRANKENSTEIN, UN CYBORG ELETTROMEC-CANICO EC-CITATO ALLA VISTA... DEL LETTORE.
AH AH AH, MA È UNA IMMAGINE ASSURDA!
NECRON È UN PERSONAGGIO NATO PER L'EDITORE RENZO BARBIERI. QUELLO CHE HA INVENTATO IL PORNO HORROR ALL'ITALIANA.
UNA VOLTA LASCIATO ALAN FORD E LA CORNO, MAGNUS HA TROVATO CASA LÌ.
MA LUI CI HA MESSO DENTRO LA SUA IRONIA E LA SUA MAGIA NELLA REGIA ED È DIVENTATO UN CAPOLAVORO.
LI VOGLIO INTERROGARE TUTTI!
MI SEMBRA UNA PAZZIA.
NON MI INTERESSA. IO VOGLIO CHE LA TAVOLA TORNI FUORI.
ME LA DEVONO RIDARE.

COSA SI PUÒ GUADAGNARE DA UN FURTO COSÌ?
CHE VALORE HA QUESTA ARTE?
TUTTI I MATERIALI SONO ASSICURATI. IL SUO VALORE COMMERCIALE NON SUPERA QUALCHE MIGLIAIO DI EURO...
MA È POCO!
GLI ORIGINALI DEI FUMETTI SONO ANCORA POCO VALUTATI. PER QUESTO NON VENDO I MIEI.
PENSAVO CHE I VALORI FOSSERO SIMILI A QUELLI DEL MERCATO DELL'ARTE.
PER QUALCHE LAVORO DELLE ORIGINI I PREZZI SONO ALTI.
MA MAGNUS HA DISEGNATO 35.000 TAVOLE... SARÀ PER QUESTO
O PERCHÉ POCHI ANCORA RICONOSCONO IL SUO VALORE.

PRONTO, LUCIANO?
D'ACCORDO.
TUTTO QUELLO CHE VUOI.
COME DICI?
NO, NON TORNO.
PER ME È FINITA COSÌ.
EHILÀ, ROBERTO... COME TI VA?
SONO PRONTO. DA DOVE PARTIAMO, SCONO-SCIUTO?
DAL DESERTO DEL MALI, E DA UN EDITORE.

ENTRI PURE, SIGNOR RAVIOLA.
L'EDITORE LA STA ASPET-TANDO.
SÌ.
DECISO, MI RACCOMANDO.
LO DEVI CONVINCERE.
ENTRA ROBERTO.
HO LETTO LA PRIMA STORIA.
È BELLISSIMA. NON SERVE CHE MI SPIEGHI ALTRO.
SÌ.
E POI LO SCONOSCIUTO
È UN GRAN NOME PER UN PERSONAGGIO.
SINCERAMENTE NON SO SE C'È UN PUBBLICO PRONTO PER UN FUMETTO COSÌ.
MA SE CI METTI UN PO' DI SESSO, PUÒ TENERE I LETTORI INCOLLATI.
QUINDI, ALLO SCONOSCIUTO.
ALLO SCONOSCIUTO, RENZO.

L'EDITORIA È UNA BRUTTA BESTIA.
HA LE SUE REGOLE.
E QUANDO HA INDIVIDUATO IN TE UN, CHIAMIAMOLO, SUCCESSO...
A QUEL PUNTO VUOLE LA RIPETIZIONE DI QUELLA FORMULA
LA VUOLE RIPETUTA ALL'INFINITO.
E SE NE FREGA DEI TUOI DESIDERI.

IMPARERÒ A TAGLIARLI CON IL RASOIO. COME I MONACI. COME I BRIGANTI.
MI SEMBRA TUTTO... TUTTO LIMPIDO. ODDIO. SENTO COME ARIA FRESCA NEL CERVELLO!
SENTIMI BENE TU!
QUESTO COSO SULLA FRONTE NON GUARISCE...

IL SECONDO CICLO È CONCLUSO. TU CHE ERI ROBERTO E CHE SEI STATO MAGNUS, CHIEDI UNA NUOVA FORMA.
E A OGNI FORMA CORRISPONDE UN NOME.
IL NOME CHE GIÀ FU DI HOKUSAI, CHE È IL SIMBOLO DEL CAMBIAMENTO.
IL NOME DELL'UOMO CHE SEMPRE CERCA E CHE NON SI FERMA MAI.
QUESTO SARÀ IL TUO NUOVO NOME E QUESTO L'IDEOGRAMMA CHE LO RAPPRESENTA.
MAGNUS NON ESISTE PIÙ.
DA OGGI SONO IL **VIANDANTE,** COLUI CHE CERCA.

APRA LE BRACCIA.
LASCI CHE LA SOSTENGA IO.
BENE COSÌ
MI FA UN POCO MALE.
SI RILASSI.
E QUANTO È RIMASTO IN GALERA MAGNUS?
ALZI LE BRACCIA.
C'È RIMASTO POCHI GIORNI.
SI DICE ABBIA BARATTATO I DIRITTI DEI SUOI FUMETTI CON LE SPESE LEGALI.
LEI QUANTO AVREBBE PAGATO PER UN DISEGNATORE COSÌ PRECISO E VELOCE?
MA CREDO SIA UNA BUFALA
NESSUN DISE-GNATORE A QUEI TEMPI GODEVA DEI DIRITTI
E NEANCHE DELLA PROPRIETÀ DEGLI ORIGINALI.
E LEI?
IO SONO FORTUNATO, SONO NATO MOLTO DOPO.

Viandante dove sei?
QUI
Devi stare con i tuoi personaggi se vuoi che vivano. Non li puoi abbandonare.
Giorno e notte, sempre con loro.
Vai al castello del fiume.
Li troverai tutti.
Aspettano te.

VUOI CHE LASCI TUTTO?
E LASCERÒ TUTTO!
COSA AVRÒ IN CAMBIO?
L'eternità.
Ah ah ah ah!
Resterai in eterno nei tuoi disegni.

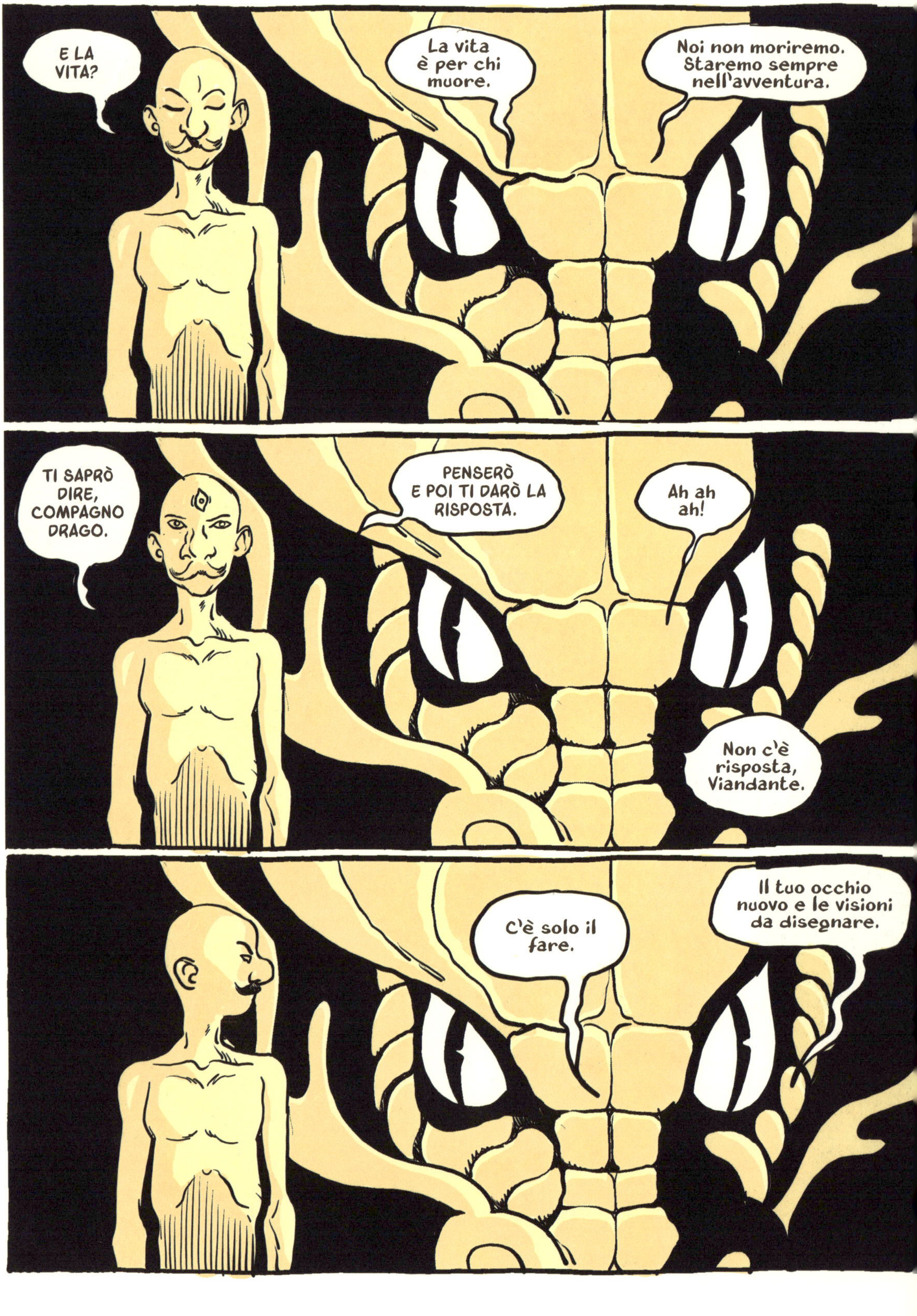
E LA VITA?
La vita è per chi muore.
Noi non moriremo. Staremo sempre nell'avventura.
TI SAPRÒ DIRE, COMPAGNO DRAGO.
PENSERÒ E POI TI DARÒ LA RISPOSTA.
Ah ah ah!
Non c'è risposta, Viandante.
C'è solo il fare.
Il tuo occhio nuovo e le visioni da disegnare.

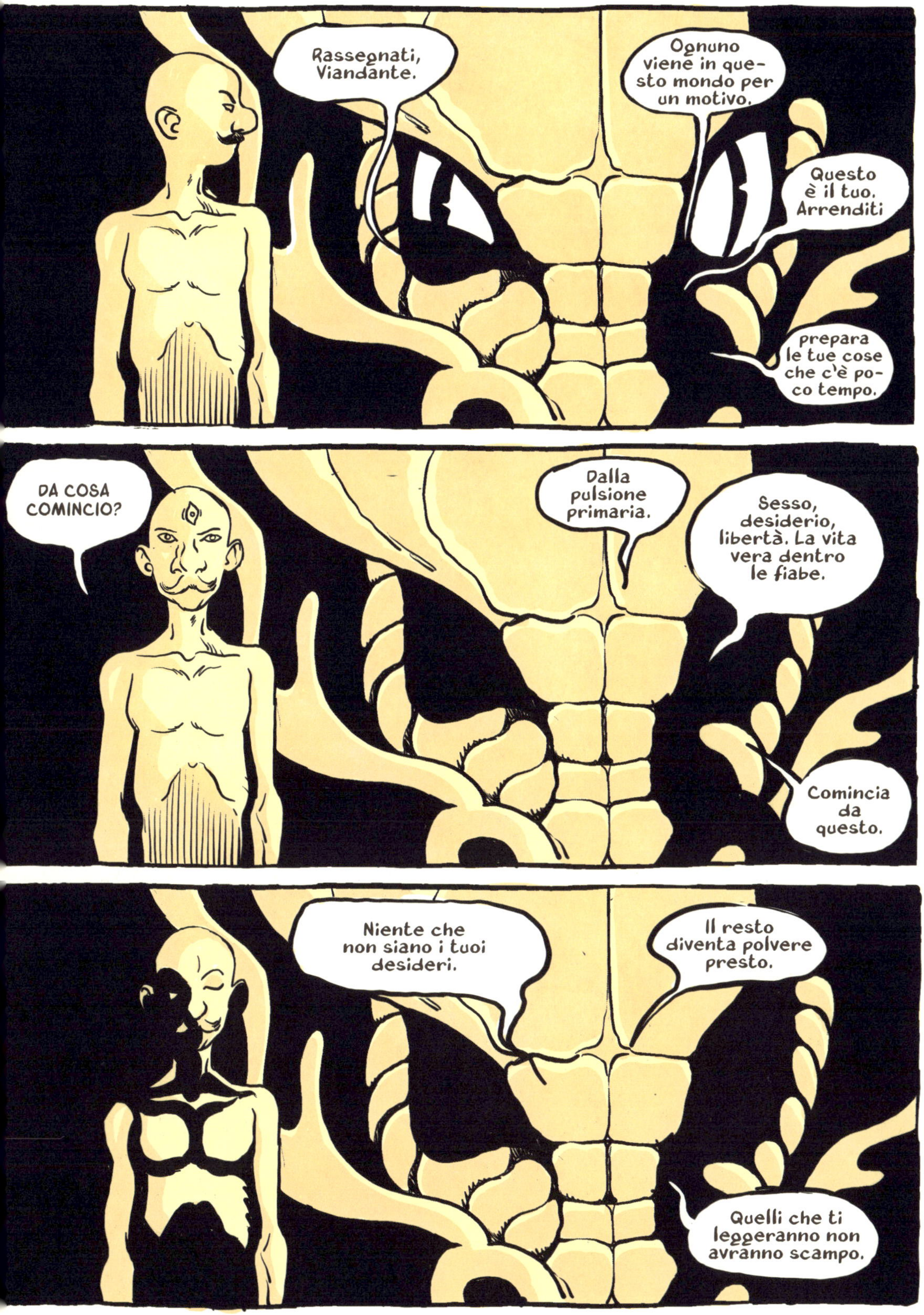
Rassegnati, Viandante.
Ognuno viene in questo mondo per un motivo.
Questo è il tuo. Arrenditi
prepara le tue cose che c'è poco tempo.
DA COSA COMINCIO?
Dalla pulsione primaria.
Sesso, desiderio, libertà. La vita vera dentro le fiabe.
Comincia da questo.
Niente che non siano i tuoi desideri.
Il resto diventa polvere presto.
Quelli che ti leggeranno non avranno scampo.

E MARGHERITA?
E I BAMBINI?
I bambini e tua moglie capiranno dopo
quando avranno voglia di capire il sacrificio.

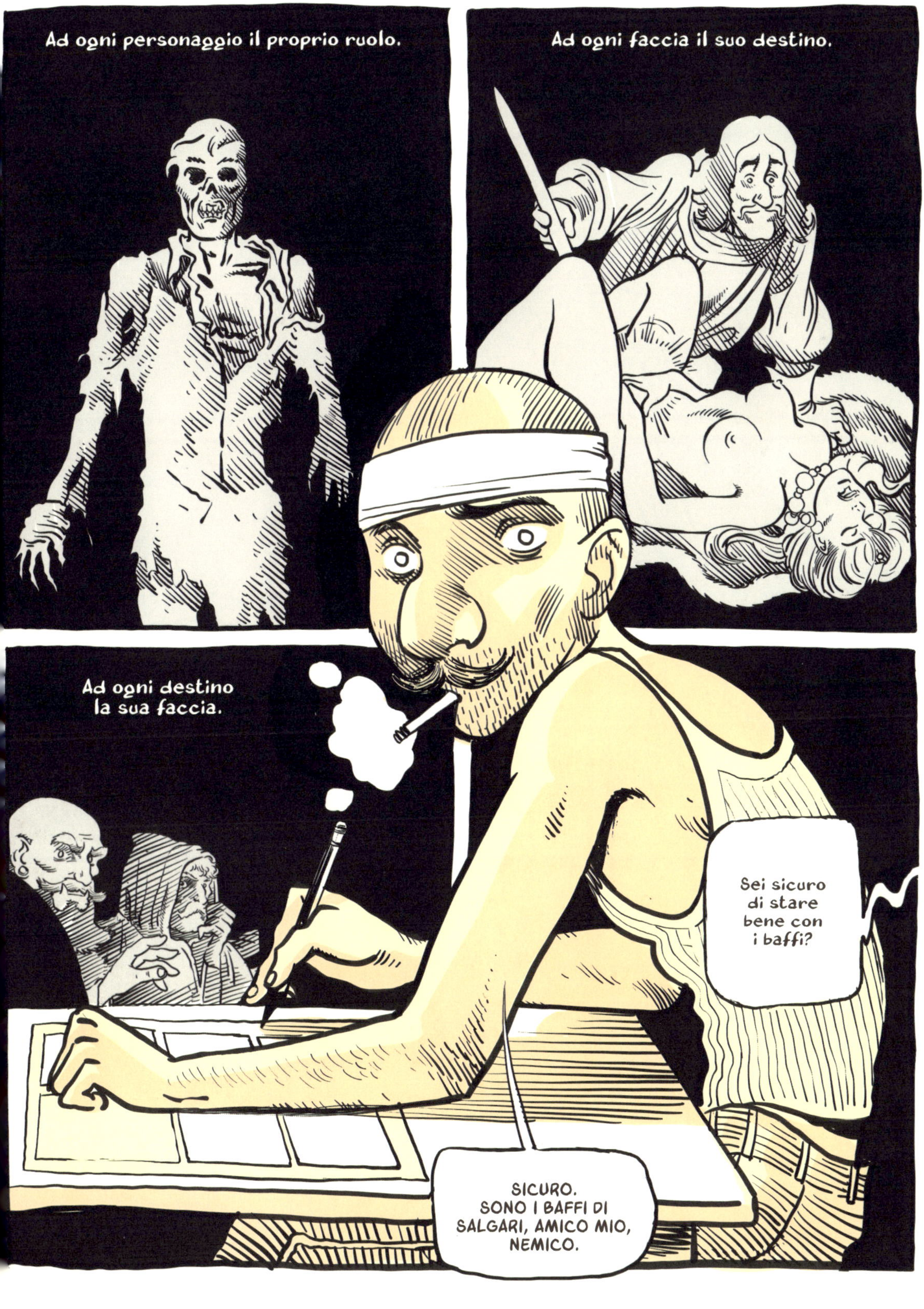
Ad ogni personaggio il proprio ruolo.
Ad ogni faccia il suo destino.
Ad ogni destino la sua faccia.
Sei sicuro di stare bene con i baffi?
SICURO. SONO I BAFFI DI SALGARI, AMICO MIO, NEMICO.

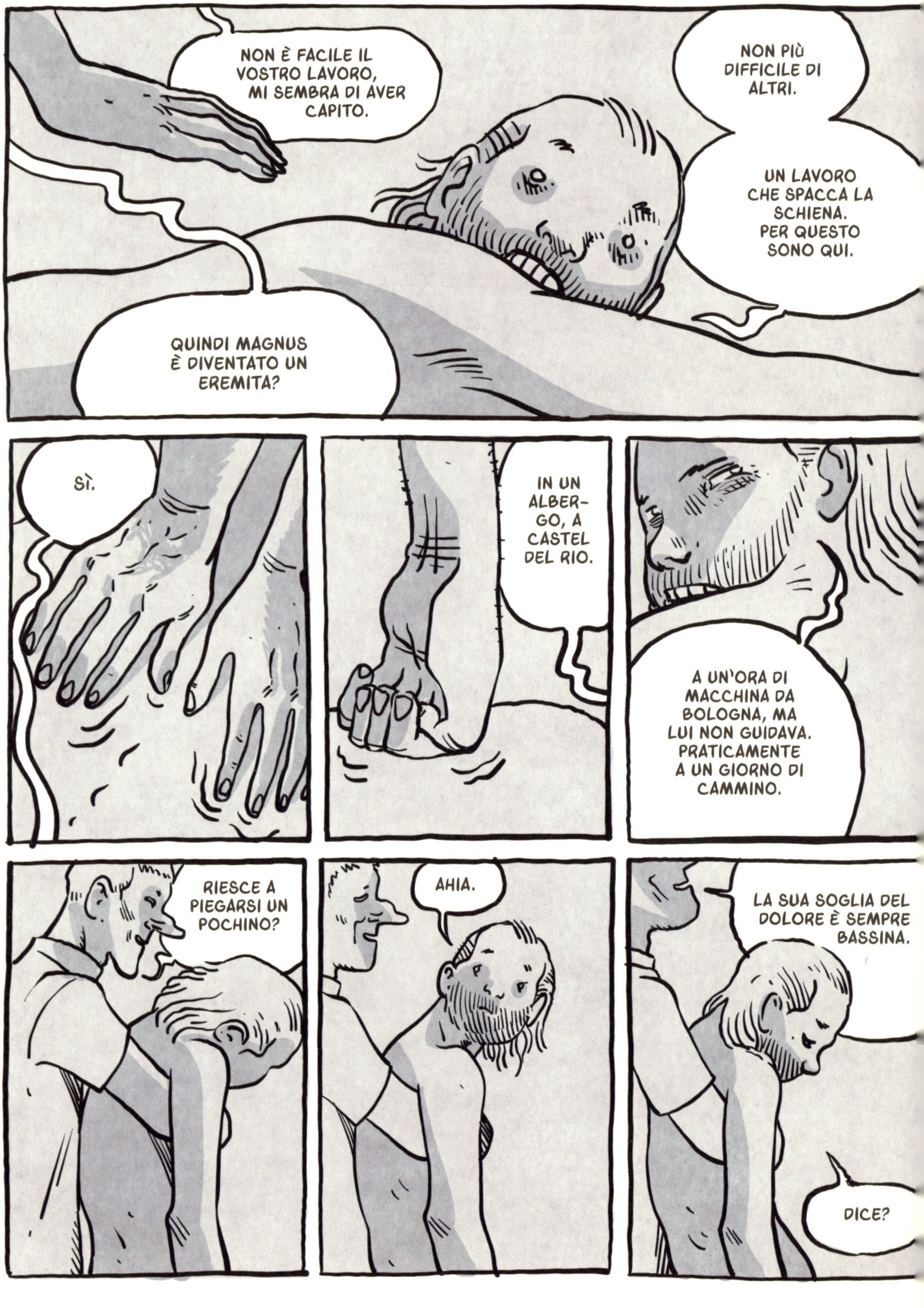
NON È FACILE IL VOSTRO LAVORO, MI SEMBRA DI AVER CAPITO.
NON PIÙ DIFFICILE DI ALTRI.
UN LAVORO CHE SPACCA LA SCHIENA. PER QUESTO SONO QUI.
QUINDI MAGNUS È DIVENTATO UN EREMITA?
SÌ.
IN UN ALBER-GO, A CASTEL DEL RIO.
A UN'ORA DI MACCHINA DA BOLOGNA, MA LUI NON GUIDAVA. PRATICAMENTE A UN GIORNO DI CAMMINO.
RIESCE A PIEGARSI UN POCHINO?
AHIA.
LA SUA SOGLIA DEL DOLORE È SEMPRE BASSINA.
DICE?

VORREI VENIRE ANCHE IO AGLI INCONTRI CON I SOSPETTATI.
CONVINCIAMO PAOLA.
CHE LEI PUÒ CAPIRE QUANDO LE PERSONE SONO SINCERE
UNA SPECIE DI MACCHINA DELLA VERITÀ UMANA.
LEI DAVVERO È PIENO DI FAN-TASIA.
È IL MIO MESTIERE.
QUANDO PARLA DI MAGNUS LEI HA LA VOCE SINCERA.
COMINCIA A FUNZIONARE QUESTA MACCHINA!
BASTA CREDERCI.
AH AH AH!
TROVEREMO IL LADRO.

C'È UN UOMO NUDO SUL TETTO!
CHE COSA, SIGNORA?
LE DICO CHE C'È UN UOMO NUDO SUL TETTO DELL'ALBERGO.
AH, NON SI PREOCCUPI. È UN NOSTRO OSPITE FIDATO. NON È PERICOLOSO.
MA CHI È?
È IL PROFESSORE. UN CLIENTE FISSO. È UN ARTISTA.
UN ARTISTA? E CHE TIPO DI ARTISTA?
UN GRANDE ARTISTA. GRANDISSIMO.
E COME SI CHIAMA?
NON SO SE POSSO DIRLO. È MOLTO RISERVATO.
ALLORA È UN ARTISTA VERO.
VERISSIMO.

HO UN'IDEA, ROBERTO.
UNA GRANDIS-SIMA IDEA!
SE APRI TE LA SPIEGO.
NON APRI? SE NON APRI GLIELA ULULO ALLA LUNA.
12
SAI CHE LO POSSO FARE.
BANG BANG BANG
ENTRA, CAPITANO BONVICINI.
CON PERMESSO, PROFESSORE.

SENTI...
HAI PRESENTE IL MIO AMICO RED RONNIE?
HAI PRESENTE LA SUA TRASMISSIONE IN TV CHE VEDONO TUTTI?
NO.
BENE, ADESSO HAI PRESENTE.
ASCOLTA UN CRETI-NO.
IO PREPARO UNA CARTELLA DI STAMPE COI MIEI DISEGNI E LA PORTO ALLA TV, DAL ROSSO.
FACCIAMO UN'ASTA E I SOLDI LI PORTO A TE.
E CON QUELLI
FACCIAMO FUORI IL CANCHER CHE C'HAI.

HAI CAPITO CHE IDEA DELLA MADONNA?
SE TU NON PUOI MUOVERTI MI MUOVO IO PER TE.
LO FACCIAMO FUORI
E TU TORNI NUOVO COME UN GIOVI-NAZZO.
TI FACCIAMO ANCHE I DENTI NUOVI.
COSÌ POI QUANDO SEI GUARITO VAI IN TV, SORRIDI E STENDI TUTTI.
MA QUANTO FUMI?!
HAI FATTO NERI ADDIRITTURA I MURI.
GUARDA CHE LAVORO.
SPORCA LE MANI.

SE IO SMETTO DI FUMARE, TU SMETTI DI BERE.
COMUNQUE QUA È LA STUFA A FAR NERI I MURI, NON IL TABACCO.
E QUINDI TI SFIDO, CAPITANO BONVICINI.
NON CON IL PENNELLO, MA CON LA GOMMA!
NON A METTERE MA A TOGLIERE.
ZAC!
VEDI? FACILE, NO?
VAI, COMINCIA TU, INCISORE DELLA MALORA.
A TE IL PRIMO COLPO.
FAMMI VEDERE IL MINIATURISTA CHE DIVENTA PITTORE.

CHE IL DUELLO ABBIA INIZIO!
AH AH AH! IL TUO COLONNELLO IN GONNELLA MI FA CREPARE DAL RIDERE.

E TU DISEGNI LE RAGAZZE COME... COME NESSUNO.
QUINDI IL DUELLO CHI L'HA VINTO?
AI POSTERI LA SENTENZA. PER ME È UN PAREGGIO.

ORA FUORI, CAPITANO. HO UN APPUNTAMENTO E MI DEVO CONGEDARE.
È UNA GRANDE IDEA, VERO?
LO SCONFIGGIAMO 'STO MALE. VERO CHE LO SCONFIGGIAMO?
LO SCONFIGGIAMO.
MA CON CHI TI TROVI A QUEST'ORA CHE MANCO HAI LA MACCHINA?
FEMMINE, AH AH AH! ANCORA LA VECCHIA PASSIONE.
COME LE DISEGNI TU SI SENTE ANCHE L'ODORE.
SÌ, QUESTO È IL SUO CAPOLAVORO. SECONDO ME.
LE 110 PILLOLE?
E DI COSA PARLA? PERCHÉ È UN CAPOLAVORO?

È UN RACCONTO EROTICO.
IN QUEGLI ANNI IL FUMETTO D'AUTORE SEMBRAVA NON AVERE ALTRE STRADE QUINDI ANCHE A MAGNUS VENNE OFFERTA LA POSSIBILITÀ DI REALIZZARE UN FUMETTO EROTICO, PER IL MERCATO INTERNAZIONALE.
E COME SEMPRE MAGNUS ALZÒ L'ASTICELLA DELLA SFIDA.
CHE BUON PROFUMO DI LIBRI CHE C'È NEL SUO STUDIO, PAOLA.
SI È ISPIRATO A UN ROMANZO EROTICO CINESE DEL XVI SECOLO, CHIN P'ING MEI. È LA STORIA DI UN RICCO COMMERCIANTE CHE RICEVE DA UN MONACO CIECO 110 PILLOLE IN REGALO PER IL SUO QUARANTESIMO COMPLEANNO.
La quinta, Loto D'oro.
PILLOLE CHE LO RENDERANNO CAPACE DI SODDISFARE LE SUE 6 MOGLI.
La seconda, Girasole.
C'È SEMPRE UN CIECO DI MEZZO IN UNA BUONA STORIA. AH AH AH!
La prima, Madama Luna.
La terza, Occhio di Neve.
E la quarta, Stelo di Giada.
La sesta, Madama P'ing.

L'UOMO, SPINTO DAL DESIDERIO E DALLA BRAMA DEL PIACERE NON RISPETTA I TEMPI DI ASSUNZIONE E SI CONSUMA FINO A MORIRE, TRAVOLTO DAGLI ECCESSI.
UNA STORIA CLASSICA.
CLASSICA, MA PER MAGNUS DIVENTA L'OCCASIONE PER RACCONTARE LA PERSONALITÀ DELLE MOGLI.
UN CAPOLAVORO. UN RACCONTO PORNOGRAFICO CHE DIVENTA UN'INDAGINE PSICOLOGICA SULLE DONNE.
DAVVERO UN CAPOLAVORO, DISEGNATO BENISSIMO. IN ITALIA ERA USCITO SULLA RIVISTA TOTEM, CON TUTTE LE SCENE EROTICHE CENSURATE
TOT
CON UNA FASCETTA NERA.
UN GIOCO DI MARKETING PER SPINGERE IL LIBRO PUBBLICATO DOPO, SENZA CENSURA.
CHE INFATTI FU UN SUCCESSO INTERNAZIONALE, STAMPATO IN SETTE LINGUE.
COMUNQUE SIAMO QUI PER INTERROGARE QUELLI PRESENTI ALLA MOSTRA DURANTE IL FURTO.
VEDIAMO SE FUNZIONA QUESTA MACCHINA DELLA VERITÀ UMANA.
PROVIAMO.

ERO ALLA MOSTRA PERCHÉ HO SCOPERTO DA POCO LO SCONOSCIUTO. MA QUANDO PARLO DI MAGNUS CON QUALCUNO SEMBRO SEMPRE LO SCEMO DEL VILLAGGIO.
SÌ, QUELLO CHE MI PIACE DI PIÙ È NECRON. COSÌ CLASSICAMENTE PORNO ITALIANO, MA CON IRONIA.
MA SECONDO LEI, È UN DISEGNATORE MASCHILISTA? CIOÈ IO VORREI CONFRONTARMI CON VOI.
A ME PIACE TANTISSIMO, MA NON SO DIETRO CHE MESSAGGIO CI SIA.
NON CREDERÀ CHE SIA IO IL LADRO?
IL SEGNO È QUASI UNA LIGNE CLAIRE, CIOÈ, NON USAVA PIÙ IL PENNELLO. USAVA IL PENNARELLO PER POTER DISEGNARE OVUNQUE.
NON SO COSA DIRLE.
IO ERO VENUTO ALLA MOSTRA PER INCONTRARE UNA PERSONA.
MAGNUS... SÌ BRAVO, MA NON È IL MIO PREFERITO. NON SI È MAI EVOLUTO NEL SEGNO.
SÌ, CIOÈ...
IO VADO ALLE MOSTRE PERCHÉ C'È SEMPRE QUALCUNO CON CUI PARLARE... PARLIAMO?
POI SI DICE CHE ALLA FINE SI FOSSE CONVERTITO ALL'ISLAM.
COME PUÒ UN MUSULMANO CONCEPIRE DELLE STORIE A DISEGNI?
NON L'HO RUBATO IO! NON MI PERMETTEREI MAI DI FARLE QUESTO, PROFESSORESSA PAOLA.
POI MI PIACE ANCHE IL SUO TEX, HO PERSINO PROVATO A COMPRARE QUALCHE TAVOLA ORIGINALE... MA NON SONO RIUSCITO!

ERO LÌ PER CASO. IO I FUMETTI NON LI CAPISCO. NO SO SE LEGGERE PRIMA LE PAROLE O LE IMMAGINI. PERÒ I DISEGNI DELL'ARTISTA ERANO PIENI DI PARTICOLARI. MI È PIACIUTO.
MI SPIACE DEL FURTO... A ME MAGNUS È SEMPRE PIACIUTO. FIN DA QUANDO FACEVA ALAN FORD. CI TROVAVO QUALCOSA DI UMANO.
È VERO, INTERNET HA RESO IL FUMETTO PORNO OBSOLETO. IO HO UNA COLLEZIONE QUASI COMPLETA DEI FUMETTI EROTICI ITALIANI, E HO ANCHE DUE ORIGINALI DI MAGNUS, MA MI PIACE PAGARE, NON RUBARE.
CHE POI QUESTA COSA CHE ALLE DONNE NON PIACCIONO I FUMETTI MI SEMBRA UN LUOGO COMUNE. IO LI DISEGNO ANCHE, PER QUESTO VADO ALLE MOSTRE. PER IMPARARE.
COS'È, UNA SPECIE DI INTERROGATORIO? HO SOLO ACCOMPAGNATO MIO FIGLIO GRANDE. A LUI PIACE DISEGNARE E QUINDI... MI SEMBRAVA UNA BELLA OCCASIONE.
C'È QUALCOSA DI MALVAGIO IN QUESTI DISEGNI. NON È LA PRIMA VOLTA CHE RUBANO UN ORIGINALE DI MAGNUS DA UNA MOSTRA, LO SAPEVATE?
QUINDI COME LE SONO SEMBRATI I SOSPETTI?
QUESTA RICERCA NON HA PORTATO A NIENTE.
BEH, PER ME SONO TUTTI SINCERI.
QUINDI VI SOTTOPONGO LA MIA NUOVA IDEA!
CHI L'HA VISTO?
€ 10.000
UNA RICOMPENSA DI DIECIMILA EURO A CHIUNQUE MI RIPORTI L'ORIGINALE RUBATO.
CHI L'HA VISTO?
€ 10.000
CHE VE NE PARE?

Viandante, ho bisogno di te.
Vieni nel bosco
ANF
NEL BOSCO.

Viandante
Viandante...
Cerchi la forma
sbagliata.
ci sono
tempi in cui
la forma
cambia.
e quello che sei abituato
a vedere non riesci a
vederlo più.
SEI LÌ?
guarda bene dove
non penseresti.
ti ho chiamato
perché non
puoi più stare
solo.

BENTROVATO VIANDANTE.
MIO SIGNORE.
MILADY

SEI UNA PRINCIPESSA. NON TI INGINOCCHIARE DAVANTI A UN SOLDATINO.
MIO SIGNORE,
IL TEMPO È ORMAI POCHISSIMO. NON VOGLIO PIÙ STACCARMI DA TE.
ENTRA
AVRÒ CURA DI TE.

SIAMO ARRIVATI MIO SIGNORE.
QUESTO È IL RIFUGIO CHE HO PREPARATO PER NOI.
ASCIUGHIAMOCI BENE E ANDIAMO A LETTO.
IMPERTINENTE.
TI VOGLIO, BACIAMI.

NON HAI DESIDERIO?
DIMMI: COSA TI TIENE LONTANO DA ME?
SEI BELLISSIMA PRINCIPESSA.
SEI LONTANO, VIANDANTE.
TORNA CON ME.
LA MIA TESTA GALOPPA, MILADY.
HAI VISTO LA MIA PELLE COM'È INGIALLITA. VUOL DIRE CHE IL FEGATO È COMPROMESSO. POI PERDERÒ PESO. NON CI SARANNO PIÙ CURE QUANDO SUCCEDERÀ.

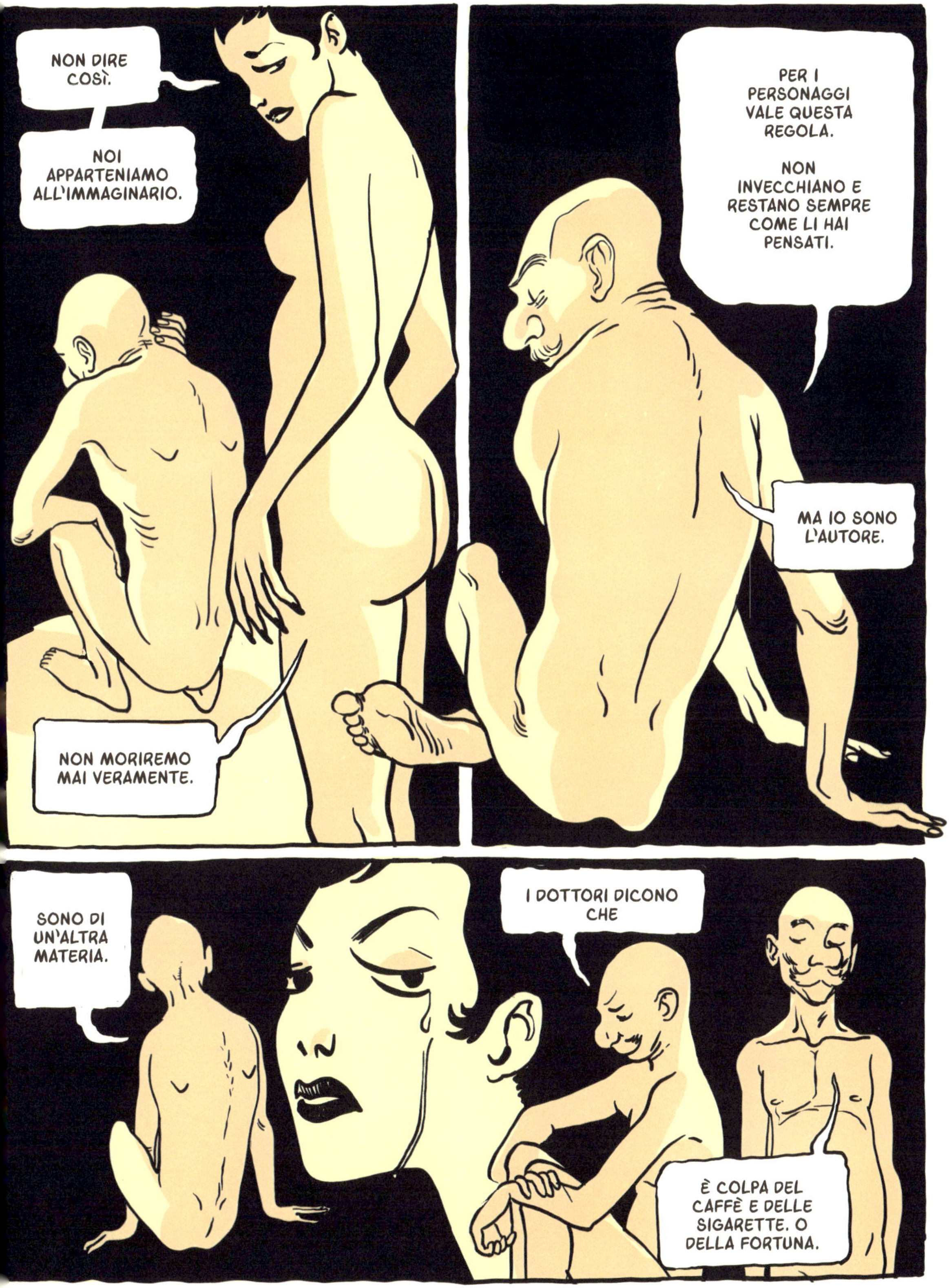
NON DIRE COSÌ.
NOI APPARTENIAMO ALL'IMMAGINARIO.
NON MORIREMO MAI VERAMENTE.
PER I PERSONAGGI VALE QUESTA REGOLA.
NON INVECCHIANO E RESTANO SEMPRE COME LI HAI PENSATI.
MA IO SONO L'AUTORE.
SONO DI UN'ALTRA MATERIA.
I DOTTORI DICONO CHE
È COLPA DEL CAFFÈ E DELLE SIGARETTE. O DELLA FORTUNA.

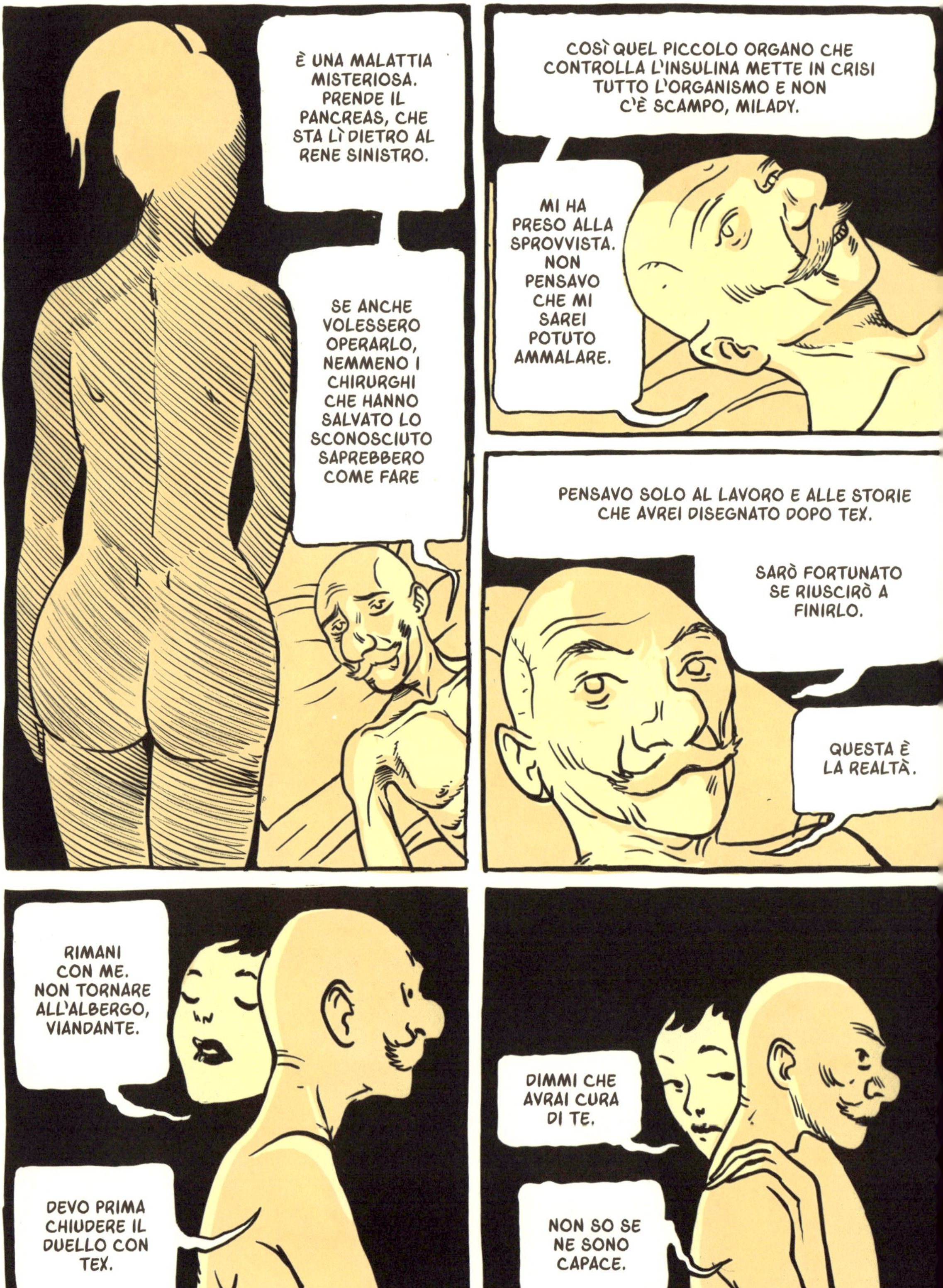
È UNA MALATTIA MISTERIOSA. PRENDE IL PANCREAS, CHE STA LÌ DIETRO AL RENE SINISTRO.
SE ANCHE VOLESSERO OPERARLO, NEMMENO I CHIRURGHI CHE HANNO SALVATO LO SCONOSCIUTO SAPREBBERO COME FARE
COSÌ QUEL PICCOLO ORGANO CHE CONTROLLA L'INSULINA METTE IN CRISI TUTTO L'ORGANISMO E NON C'È SCAMPO, MILADY.
MI HA PRESO ALLA SPROVVISTA. NON PENSAVO CHE MI SAREI POTUTO AMMALARE.
PENSAVO SOLO AL LAVORO E ALLE STORIE CHE AVREI DISEGNATO DOPO TEX.
SARÒ FORTUNATO SE RIUSCIRÒ A FINIRLO.
QUESTA È LA REALTÀ.
RIMANI CON ME. NON TORNARE ALL'ALBERGO, VIANDANTE.
DEVO PRIMA CHIUDERE IL DUELLO CON TEX.
DIMMI CHE AVRAI CURA DI TE.
NON SO SE NE SONO CAPACE.

Chi va là?
SONO SEMPRE IO, LASCIAMI PASSARE. TORNO ALL'ALBERGO, PER L'ULTIMO DUELLO.
e sei sicuro di vincerlo?
SE MI LASCI PASSARE ALMENO AVRÒ QUALCHE POSSIBILITÀ.
Cosa ti manca per finire?
MANCA POCO.
ANCORA QUALCHE CAVALLO.

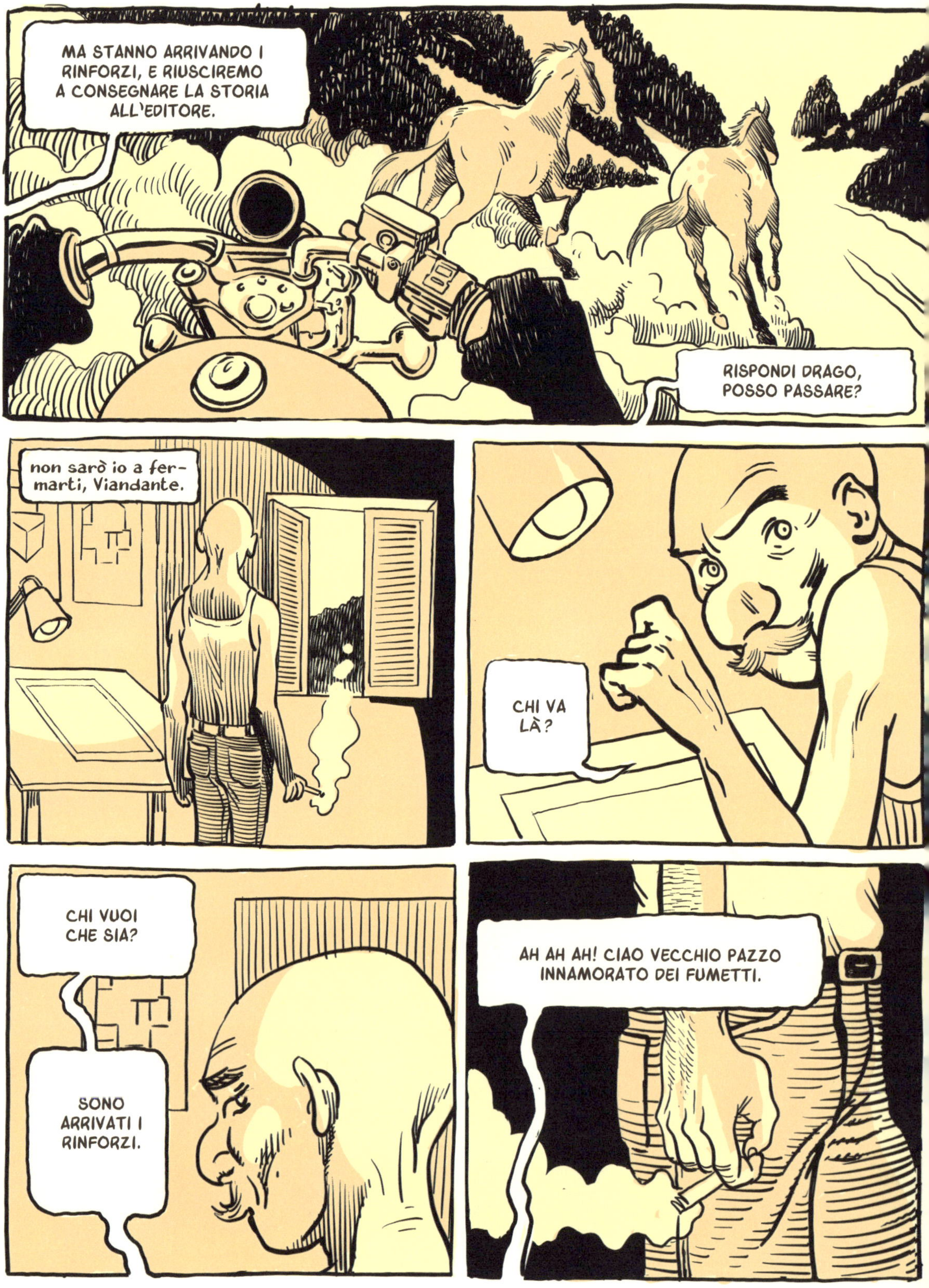
MA STANNO ARRIVANDO I RINFORZI, E RIUSCIREMO A CONSEGNARE LA STORIA ALL'EDITORE.
RISPONDI DRAGO, POSSO PASSARE?
non sarò io a fermarti, Viandante.
CHI VA LÀ?
CHI VUOI CHE SIA?
SONO ARRIVATI I RINFORZI.
AH AH AH! CIAO VECCHIO PAZZO INNAMORATO DEI FUMETTI.

CHE FAI SULLA PORTA, ATTENDENTE ROMANINI?
VARCA L'USCIO E SALUTA IL TUO COMANDANTE!
NON T'È PASSATA LA VOGLIA DI SCHERZARE.
TI HO PORTATO I CAVALLI PER IL FINALE DELLA STORIA.
CI SIAMO ROBERTO. DIREI CHE È QUASI FINITO.
SETTE ANNI. NESSUNO CI HA MESSO TANTO PER UN TEX.
GALEP NE FACEVA UNO AL MESE.
!
GALEP, MAESTRO SUBLIME, UNICA MIA ISPIRAZIONE IN QUESTO LAVORO.

HA DISEGNATO TEX PER PIÙ DI QUARANT'ANNI, E QUASI DUEMILA DELLE SUE COPERTINE.
SAI QUAL È LA SOLA REGOLA DEL FUMETTO POPOLARE?
I TEMPI DI CONSEGNA. È ANCHE IL MIO MESTIERE, LO SO.
SALTA QUELLO, SALTA TUTTO. IL LAVORO DIVENTA UN'ALTRA COSA.
UN CAPO-LAVORO?
AH AH AH!
DI SICURO UN'ALTRA COSA.

CAPITOLO 4

FINALE

BOIA SE FA FREDDO!
CI METTO UN'ORA PER ARRIVARE A BOLOGNA DA QUA, SONO LE OTTO DI SERA.
CON LA MERCEDES CHE HO AFFITTATO CI ARRIVO FACILE.
HAI CAPITO VECCHIO TRICHECO? STASERA CON L'ASTA DELLE STAMPE TI RIEMPIO DI GRANA.
METTO AL SICURO LE STAMPE
COME SI ACCENDE 'STA MACCHINA? BELLA EH, MA TROPPA TECNOLOGIA PER I MIEI GUSTI.
ARRIVO TV! ASPETTAMI.
BONVI, LO DEVI FERMARE...
BONVI? LO DEVO FERMARE.

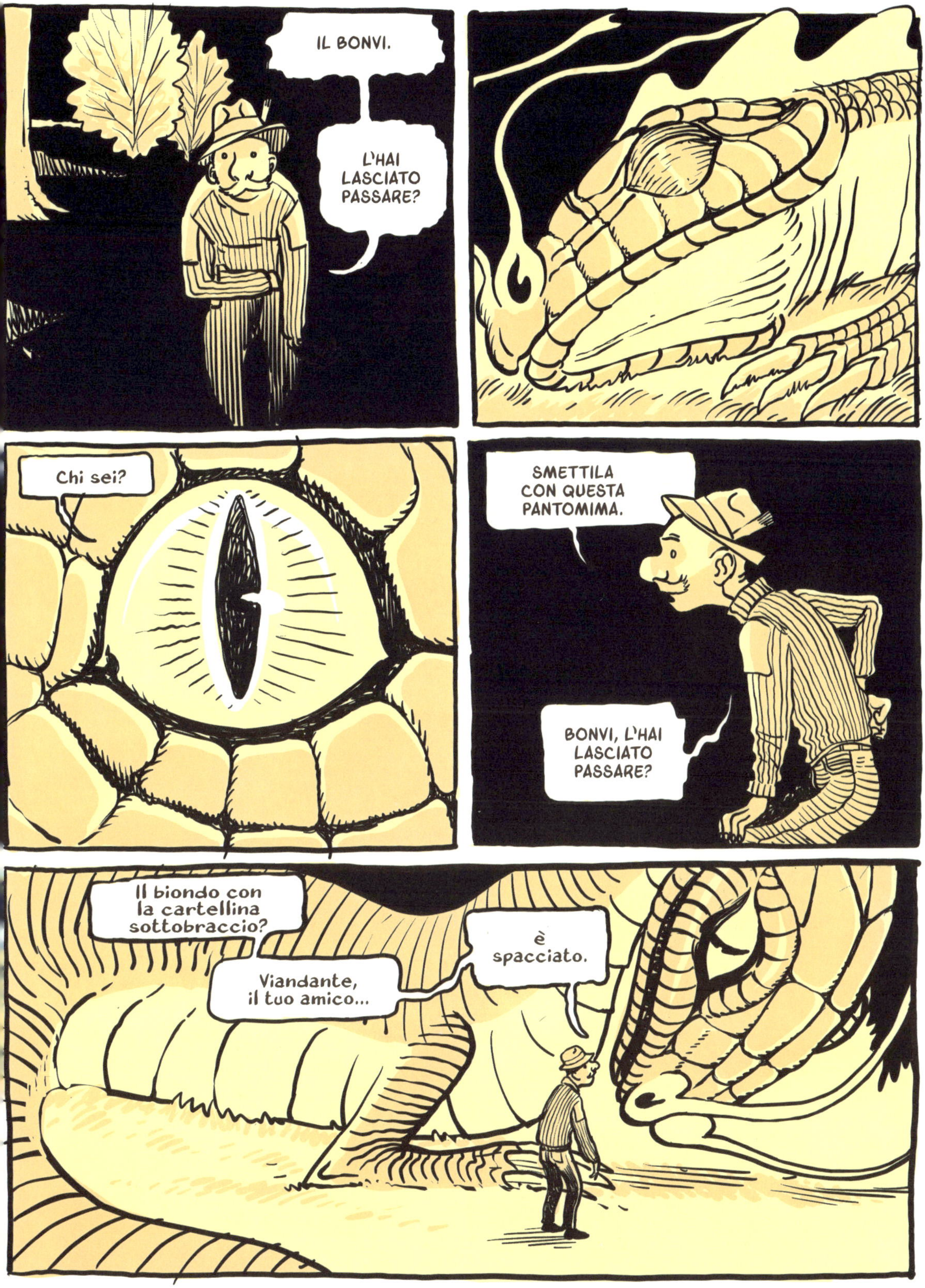
IL BONVI.
L'HAI LASCIATO PASSARE?
Chi sei?
SMETTILA CON QUESTA PANTOMIMA.
BONVI, L'HAI LASCIATO PASSARE?
Il biondo con la cartellina sottobraccio?
Viandante, il tuo amico...
è spacciato.

MA DOVE CAZZO LI HANNO MESSI QUESTI STUDI TELEVISIVI?!
A ME QUA PARE TUTTO UGUALE.
SCENDO E CHIEDO.
DALL'ALTRO LATO DELLA STRADA.
SCENDO E CHIEDO.
STO CERCANDO GLI STUDI TELEVISIVI DEL ROXY BAR. NON RIESCO A TROVARMI.
SI SBAGLIAN TUTTI.
DEVE BEN CHE TORNARE INDIE-TRO. È LA PRIMA SULLA SINISTRA, IN FONDO AL CAPANNONE
LA FA TUTTA FINO ALLA FINE E POI VEDE.
GRAZIE DONZELLA.
E MI SERVA UN BICCHIER DI SANGIOVESE, PER LA GENTILEZZA.
C'È SEMPRE LA STRIZZA AD ANDARE IN TV.
FANNO TUTTI COSÌ.

MA CHE STRIZZA E STRIZZA!
VADO A TROVARE UN AMICO CHE MI AIUTERÀ A SALVARE UN AMICO.
ACCENDI LA TV CHE FRA POCO MI VEDI.
UN PIRATA DELLA STRADA.
DICE DI NON AVER VISTO NIENTE FINO ALL'ULTIMO.
CHE IL TIPO ERA IN MEZZO ALLA STRADA.
È MORTO SUL COLPO. CREDO.

SPACCIATO?
CHE VUOI DIRE?
Il tempo è quasi finito.
Torna all'albergo Viandante e pensa a te.
VUOI DIRE CHE IL CAPITANO NON TORNERÀ ALLA COLLINA...?
No. Non tornerà.
MIO SIGNORE.
ORA TOCCA A ME.
MILADY, MI VUOI AIUTARE?
SÌ

VAI ALL'ALBERGO VICINO AL CASTELLO E PRENDI LE TAVOLE DEL TEX E I PENNARELLI, LA CHINA E I PENNELLI.
E GLI OCCHIALI.
CI VORRÀ UN MESE PER FINIRE.
TU MI AIUTERAI GUARDANDO QUELLO CHE FACCIO.
SE MI VEDRAI STANCO NON AVERE PAURA.
SE L'IRA S'IMPOSSESSERÀ DI ME NON FARTENE UNA COLPA.
RIDEREMO E POI ARRIVERÀ IL BUIO E POI RIDEREMO ANCORA.
E UN MATTINO, AL TUO RISVEGLIO, IL LAVORO ESTENUANTE NON AVRÀ PIÙ PESO.
IL TEX SARÀ FINITO.

SIGNOR SERGIO.
È ARRIVATO UN TELEGRAMMA PER LEI.
UN TELE-GRAMMA?!
E A CHI VIENE VOGLIA DI MANDARE UN TELEGRAMMA PER COMUNICARE CON ME?
03861240071512
ZCZC MI4465 T 370851F 543A/01137000951I/95
1GMI CO TGIO 002
40022 CASTEL DEL RIO 2 08 1020
SERGIO BONELLI
VIA BUONARROTI 38
20145 MILANO
FINITO
MAGNUS
MITTENTE:
RAVIOLA ROBERTO
PIAZZA DELLA REPUBBLICA 28
40022 CASTEL DEL RIO
MAGNUS!
FINITO.
MAGNUS HA FINITO IL TEX. AH AH AH!
CON SETTE ANNI DI RITARDO...
MA LA SFIDA POSSO DIRE CHE L'HAI VINTA TU.
VECCHIO, MERAVIGLIOSO CAMMELLO.

PECCATO

CAPITOLO 5

EPILOGO

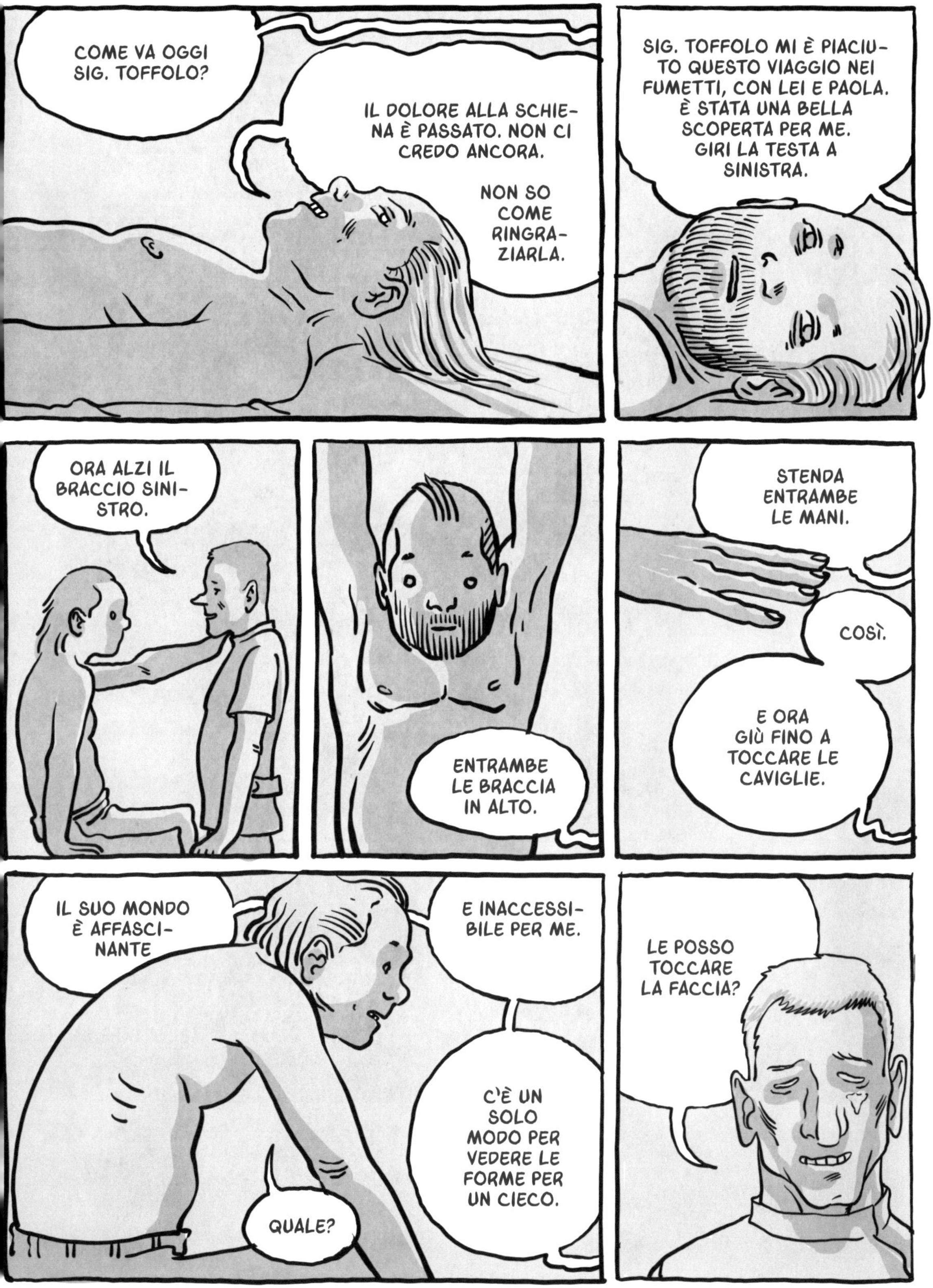
COME VA OGGI SIG. TOFFOLO?
IL DOLORE ALLA SCHIENA È PASSATO. NON CI CREDO ANCORA.
NON SO COME RINGRAZIARLA.
SIG. TOFFOLO MI È PIACIUTO QUESTO VIAGGIO NEI FUMETTI, CON LEI E PAOLA. È STATA UNA BELLA SCOPERTA PER ME. GIRI LA TESTA A SINISTRA.
ORA ALZI IL BRACCIO SINISTRO.
ENTRAMBE LE BRACCIA IN ALTO.
STENDA ENTRAMBE LE MANI.
COSÌ.
E ORA GIÙ FINO A TOCCARE LE CAVIGLIE.
IL SUO MONDO È AFFASCINANTE
E INACCESSIBILE PER ME.
C'È UN SOLO MODO PER VEDERE LE FORME PER UN CIECO.
QUALE?
LE POSSO TOCCARE LA FACCIA?

LEI HA UNA BELLA FACCIA.
LE DO UN CONSIGLIO. CAMMINI. È LA MIGLIOR GINNASTICA PER LA SCHIENA
PIÙ CAMMINA E PIÙ LE SARÀ FACILE CAMMINARE. MA LA TAVOLA RUBATA?
COME DISEGNARE. PIÙ DISEGNI PIÙ È FACILE DISEGNARE
NON SENTO PAOLA DA UN PO'.
SA COSA PENSO? PENSO CHE GLI ORIGINALI... SÌ SONO BELLI E PREZIOSI, MA LA VERA OPERA D'ARTE DEL FUMETTO È PROPRIO L'OGGETTO RIPRODOTTO.
DAVVERO ARTE MULTIPLA. GLI ALBI, I FUMETTI, I LIBRI...
QUELLI SONO LA VERA OPERA. NON GLI ORIGINALI.
ME L'HA PORTATO UN SUO LIBRO?
OPS...
IO...
GLIELO PORTERÒ UNO DI QUESTI GIORNI.
DICONO TUTTI COSÌ.
MA QUANDO GUARISCONO, I PAZIENTI NON SI FANNO PIÙ VEDERE.
AH AH AH!

CIAO DAVIDE.
STAVO PER CHIAMARTI IO.
SE L'HO TROVATA?
NON UNA. HANNO RISPOSTO IN 5.
ESISTONO ALMENO 5 PERSONE DIVERSE CHE POSSEGGONO L'ORIGINALE DI QUESTA COPERTINA.
AH AH AH.
SORPRENDENTE SÌ. E OGNUNO DI LORO VUOLE I DIECIMILA EURO DELLA RICOMPENSA. 5 COPERTINE DI NECRON.
IDENTICHE. 5 FALSI, 6 CON QUELLA RUBATA.
QUESTA SCOPERTA MI HA RESA PIÙ LEGGERA.
L'ASSICURAZIONE PAGHERÀ I PROPRIETARI DELLA TAVOLA RUBATA.
RESTA DA CAPIRE SE SIA UN VERO O UN FALSO.
MA QUESTO NON È UN MIO PROBLEMA.
PER ME QUESTE LE HA FATTE TUTTE MAGNUS.
SECONDO TE, SE CHIEDESSI AI TIPI DI DIVIDERSI LA RICOMPENSA E DI DARLE A ME?
VISTO CHE SONO DEI FALSI... AH AH AH!
IL LADRO RESTA UN BASTARDO.
AH!
PER LA PROSSIMA MOSTRA... AVREI UN'IDEA. VORREI FARNE UNA SU DI TE.
TI PIACE L'IDEA? CHE DICI, CI STAI?

Roberto Raviola
1939-1996
.....
E il loro rimpianto mi annienta
e poi mi consola...

FINE

PERSONAGGI IN ORDINE DI APPARIZIONE

DAVIDE TOFFOLO
Autore di fumetti nato a Pordenone il 17 Gennaio 1965 nel segno del Capricorno. Conosciuto per essere anche il cantante dei Tre Allegri Ragazzi Morti. Nel 1979, a 14 anni, vince il concorso per il nuovo disegnatore di *Alan Ford*, il personaggio inventato dalla coppia Magnus-Bunker. Formatosi artisticamente nella città di Bologna, è stato uno dei primi autori italiani a misurarsi con il graphic novel.

STEFANO PILLOSIO
Fisioterapista, cieco dalla nascita. Nato a Pordenone l'11 settembre 1976 nel segno della Bilancia, ha completato la sua formazione professionale negli Stati Uniti. Appassionato di ciclismo e arte contemporanea. Nella sua città è conosciuto anche per essere stato il massaggiatore del campione di ciclismo Chiappucci, con il quale ha girato mezza Europa.

ROBERTO RAVIOLA
Conosciuto meglio come Magnus. Nato a Bologna il 31 maggio 1939, dei Gemelli. Disegnatore instancabile e dal segno personalissimo. Inventore con Luciano Secchi, in arte Max Bunker, di *Kriminal*, *Satanik*, *Maxmagnus* e del celeberrimo *Alan Ford*. Nel '78 interrompe il rapporto creativo con Max Bunker e parte per una ricerca sul linguaggio del fumetto che lo porterà a produrre capolavori come *Lo Sconosciuto*, *Milady nel 3000*, *I briganti*, *Le 110 pillole* e *Le femmine incantate*. Muore nel 1996 a Imola ed è sepolto nel cimitero di Castel del Rio, dove visse gli ultimi 10 anni della propria esistenza nell'albergo Gallo. A Castel del Rio era soprannominato "il professore".

IL DRAGO AUTUNNALE DELL'APPENNINO
Animale favoloso presente nei racconti popolari della zona fra Sant'Arcangelo di Romagna e il Mugello. Si dice avvistato anche durante gli scontri tra alleati e nazisti proprio sulla linea gotica nei pressi del ponte degli Alidosi a Castel del Rio. Facile da vedere durante i temporali estivi sulle colline di Imola. Le sue dimensioni variano. Ne sono stati visti grandi come un cane e altri come un autobus. Dotato di capacità mimetiche simili a quelle del camaleonte. Non si hanno notizie sulla longevità e sulle abitudini riproduttive. Vedere un drago si dice renda gli occhi più resistenti all'abbassamento della vista tipico della vecchiaia.

LA DAMA DEL BORGO
Con questo nome di fantasia viene chiamata la donna che seguì il professore nei suoi ultimi anni di vita. Immaginata sulle forme del personaggio di Milady nel 3000, Paulonia Romanov Zumo, la dama del borgo è una persona realmente esistita.

BONVI - Franco Bonvicini

Nato a Modena il 31 Marzo 1941, Ariete, è stato una star del fumetto internazionale con le *Sturmtruppen*, i piccoli soldati tedeschi che con il loro humor nero divennero il simbolo dell'antimilitarismo degli anni '70 del secolo passato. Molto amico di Magnus, passano gli ultimi anni delle loro vite nel medesimo eremo-rifugio, l'albergo Gallo a Castel del Rio. Muore travolto da un pirata della strada a Bologna nella notte tra il 9 e il 10 dicembre 1995, pochi mesi prima della morte di Magnus. Le esistenze dei due maestri si intrecciano così in un abbraccio tragico e cavalleresco.

LUIGI BERNARDI

Nato a Ozzano dell'Emilia l'11 gennaio del 1953. Capricorno. Editore intuitivo e creativo. Prima con l'Isola Ritrovata e poi con Granata Press fino al 1996, Bernardi esplora le nuove potenzialità del linguaggio dei fumetti. Il primo a pubblicare in Italia fumetti giapponesi e gli autori del noir italiano degli anni '90, ripubblicò tutti i lavori di Magnus. Già responsabile della rinascita de Lo Sconosciuto negli anni '80, con le storie per il mensile "Orient Express", divenne editore e amico di Magnus, con il quale immaginò una serializzazione del personaggio di Milady, mai compiuta per la prematura scomparsa del maestro.

CARLO SANTACHIARA

(Reggiolo, 27 novembre 1937 – Bologna, 2 novembre 2000) del segno del sagittario, scultore, pittore e grafico. All'Accademia di Belle Arti di Bologna condivise con il compagno di goliardia Roberto Raviola la passione per i fumetti e per il divertimento. Già collaboratore del "Travaso", creò per i primissimi numeri della rivista "Eureka" la strip Sordello, con cui vinse un premio al Salone di Lucca Comics. Fu scultore prolifico e grafico raffinato.

PAOLA BISTROT (vero nome Paola Bristot)

Nata ad Aviano il 28 marzo 1961. Segno zodiacale Ariete.
Professoressa di storia dell'arte, prima all'Accademia di Bologna poi a Venezia, laureata con una tesi su Andrea Pazienza nel 1988. Ha curato molte mostre e inventato il Piccolo Festival dell'Animazione. Nel 2005 organizza a Villa Galvani, Pordenone, *"Il grande Magnus"*, la prima mostra completa del maestro a dieci anni dalla morte. Animatrice culturale, dirige oggi uno spazio mostre nella sede dell'Associazione Viva Comix a Pordenone.

NECRON

Necron è un umanoide superdotato, antropofago ed assemblato con frammenti di cadaveri, schiavo e amante della scienziata pazza, ninfomane e necrofila, Frieda Boher. Scritto da Ilaria Volpe (pseudonimo di Mirka Martini) e disegnato da Magnus nel 1981 per l'editore Renzo Barbieri.

LUCIANO SECCHI - In arte Max Bunker

Nato a milano il 24 agosto 1939 sotto il segno della Vergine.
Scrittore ed editore, inventa nel 1968 *Alan Ford*, del quale scrive tutte le sceneggiature da oltre cinquant'anni. Con la Editoriale Corno è il primo a pubblicare i fumetti Marvel in italia. In coppia con Magnus inventa personaggi memorabili da *Kriminal* a *Satanik*, *Maxmagnus*, *Gesabel* e *Dennis Cobb*. Nella rivista "Eureka" pubblica grandi autori internazionali e italiani fra i quali Bonvi e le *Sturmtruppen*.

KRIMINAL
Pubblicato dal 1964 al 1974 dall'Editoriale Corno è il primo personaggio prodotto dalla coppia creativa Magnus-Bunker. Il vero nome di Kriminal è Anthony Logan; fuorilegge americano naturalizzato inglese che agisce mascherato da scheletro. Ha un passato tormentato: il padre fu spinto al suicidio dopo essere stato ridotto sul lastrico, la madre e la sorella furono anch'esse vittime di un mondo corrotto. Logan trascorre l'adolescenza in riformatorio, da cui poi evade. Amareggiato dalla vita, decide di vendicarsi del mondo diventando uno spietato criminale.

SATANIK
Mary Bannister è una giovane scienziata con il viso orribilmente sfigurato da un angioma. Grazie a una pozione riesce a trasformarsi in una donna bellissima, la spietata Satanik, che non esita a usare la propria avvenenza per irretire gli uomini e sfruttarli. Secondo personaggio creato dal duo Magnus-Bunker, ottenne enorme successo e popolarità diventando protagonista della omonima versione cinematografica.

LO SCONOSCIUTO
È un ex mercenario del quale non conosciamo il vero nome. Spesso ingaggiato per lavori apparentemente tranquilli, quasi da servizio d'ordine, finisce irrimediabilmente invischiato in situazioni di pericolo. Il primo personaggio di Magnus autore completo, ristampato decine di volte e riconosciuto come capolavoro. Con questo fumetto Magnus cambia il suo nome in Viandante.

RENZO BARBIERI
Nato a Milano il 10 Marzo 1940, Pesci.
Scrittore ed editore, inventa il fumetto erotico all'italiana con personaggi come *Isabella*, *Zora la Vampira*, *Wallenstein* e *Lando* solo per citarne alcuni. Divenne ricco negli anni '60 con *Il manuale del playboy*, tradotto in 16 lingue.

GIOVANNI ROMANINI
(Bologna, 27 dicembre 1945 - Bologna, 20 marzo 2020, Capricorno)
Disegnatore talentuoso, cominciò negli anni '60 come animatore. Appassionato di moto. Spesso ha inchiostrato lavori di Magnus fino a diventare coautore nella serie *La compagnia della forca*. Nel *Tex* di Magnus si prese il compito di disegnare i cavalli.

SERGIO BONELLI
Nato a Milano il 2 dicembre 1932, sotto il segno del Sagittario.
Autore ed editore, inventa la forma italiana del fumetto avventuroso ereditando dal padre il personaggio iconico di *Tex* e dalla madre la casa editrice che lo pubblicava. Inventore dei personaggi *Zagor* e *Mister No*, Sergio Bonelli è l'editore di *Dylan Dog*. Fu lui in persona a chiedere a Magnus di realizzare il *Texone*, capolavoro pubblicato postumo.

PAROLA DI MAGNUS

MMM.
A CHI PUÒ INTERESSARE ANCORA SE HO ABBORDATO BELLE FIGLIOLE,
SE MI SONO SPOSATO E POI DIVORZIATO
...DI QUANDO IL MIO VECCHIO È MORTO, O PERCHÉ ERO FINITO IN PRIGIONE.

PSSSHHH...
DEL FATTO CHE MI SONO RISPOSATO E CHE HO AVUTO DUE FIGLI, UNO DIETRO L'ALTRO.
SE SONO CONTENTO DEGLI ANNI PASSATI A CERCARE DI ESSERE FELICE E DEI DOLORI PER PROVARCI.

COME RUBARE UN MAGNUS
RESTANDO COMUNQUE PAZZO PER IL FUMETTO. QUESTO FORSE A QUALCUNO PUÒ INTERESSARE.

I MIEI PERSONAGGI
COME RUBARE UN MAGNUS
HANNO TUTTI
IL DESTINO SCRITTO SULLA FACCIA.
BANG!

VOLETE SAPERE CHE COSA C'ERA DENTRO AI MIEI FUMETTI DEGLI ANNI 60?
COME RUBARE UN MAGNUS
UN ATTIMO E VE LO DICO.
IN QUESTI FUMETTI C'ERA, DICIAMO, LA BRAMOSIA.
LA BRAMOSIA DI TRASFORMARE I MIEI DISEGNI IN DENARO.
LA STESSA CHE MUOVEVA I PERSONAGGI CHE DISEGNAVO.
UNA SPECIE DI MAGIA CHE TRASFORMA FOGLI BIANCHI IN DENARO CONTANTE.
CI VEDETE ALTRO?

A ME PIACEVA IL GENERE FIABESCO E PER QUESTO PREFERIVO DISEGNARE SATANIK PIUTTOSTO CHE KRIMINAL. C'ERANO DA DISEGNARE TUTTI QUEI POLIZIOTTI... QUANTI POLIZIOTTI.
MMM
PER QUANTO RIGUARDA LA CENSURA, ESISTEVA UN CODICE PER GLI EDITORI DI FUMETTI.
UNA SPECIE DI AUTO-CENSURA PREVENTIVA.
...PER NON AVERE ADDOSSO GLI OCCHI DELLA POLITICA E DELLA GIUSTIZIA. MA NOI SUPERAVAMO IL LIMITE DELLA MORALE...
COME RUBARE UN
MAGNUS
APPESI ALLE MUTANDINE DI SATANIK.

AMO VISCERALMENTE CASTEL DEL RIO, CHE RITENGO FEMMINA.
IMPARAI A CONOSCERLA DA CINNO, QUANDO IL BABBO MI PORTÒ IN VILLEGGIATURA PER SCAPPARE DALLA GUERRA.
CI TORNAI MOLTE ESTATI, PER LIBERARMI DAL CALDO DI BOLOGNA
COME RUBARE UN
MAGNUS
POI UN GIORNO DALLA VILLEGGIATURA NON TORNAI PIÙ.

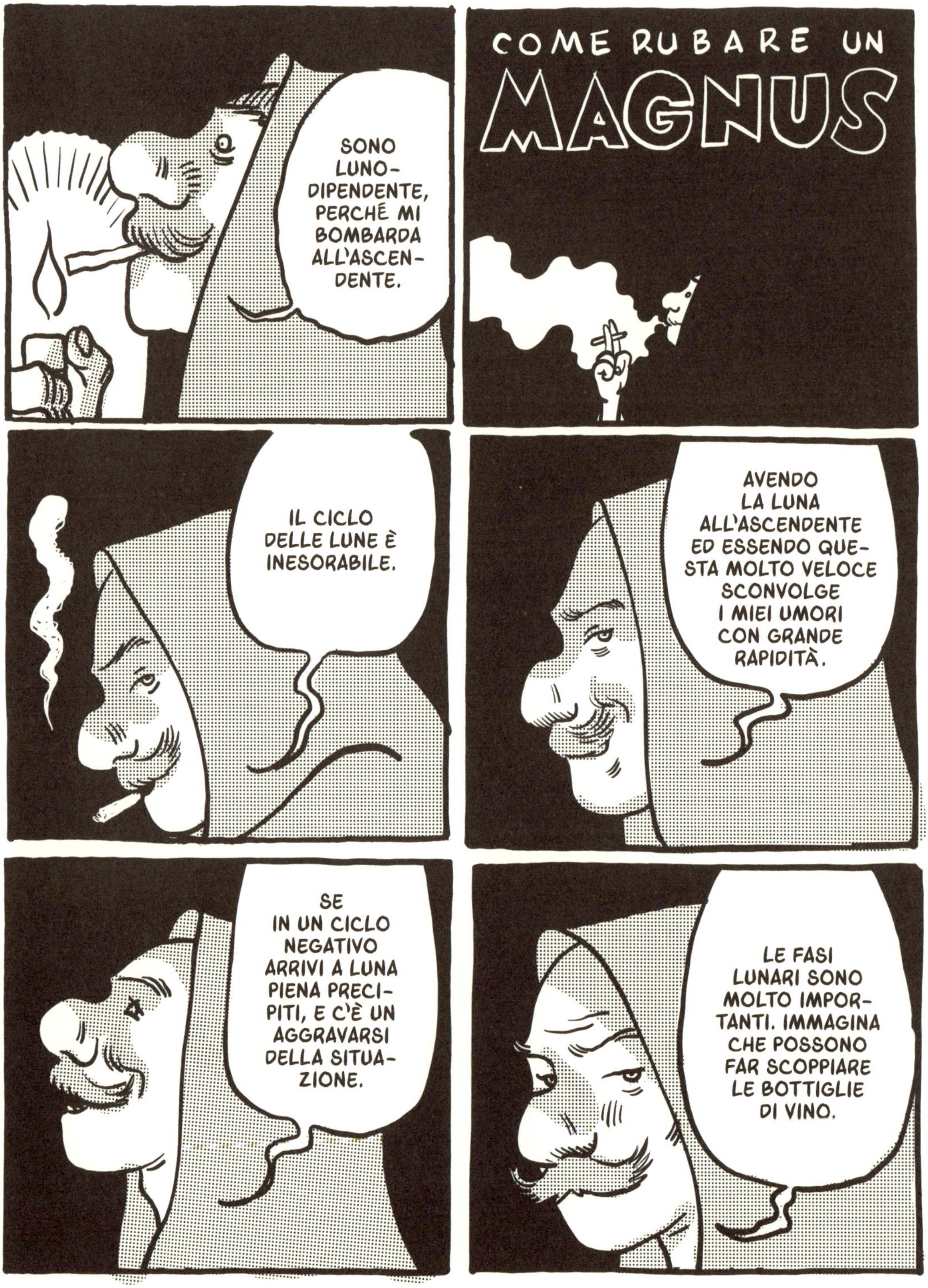
SONO LUNO-DIPENDENTE, PERCHÉ MI BOMBARDA ALL'ASCENDENTE.
COME RUBARE UN MAGNUS
IL CICLO DELLE LUNE È INESORABILE.
AVENDO LA LUNA ALL'ASCENDENTE ED ESSENDO QUESTA MOLTO VELOCE SCONVOLGE I MIEI UMORI CON GRANDE RAPIDITÀ.
SE IN UN CICLO NEGATIVO ARRIVI A LUNA PIENA PRECIPITI, E C'È UN AGGRAVARSI DELLA SITUAZIONE.
LE FASI LUNARI SONO MOLTO IMPORTANTI. IMMAGINA CHE POSSONO FAR SCOPPIARE LE BOTTIGLIE DI VINO.

DISEGNARE I FUMETTI E ANCHE SCRIVERLI ASSIEME NON È DIFFICILE
MA NON È NEANCHE FACILE
COME RUBARE UN MAGNUS
MA NON È DIFFICILE
PURCHÉ
SI SCRIVA CON SQUADRA E COMPASSO
E SI DISEGNI CON IL VOCABOLARIO.
E QUESTA È LA MIA FORMULA.
NON HO ALTRO.

BIBLIOGRAFIA MAGNUS

Pubblicazioni

Kriminal, di Max Bunker (Luciano Secchi), nn.1, 3, 5-12, 14, 17, 19, 20, 22, 23, 25, 26, 28, 29, 31, 33-34, 37-39, 42, 44, 46, 50, 52, 53, 55, 57, 58, 60, 61, 64, 65, 68, 69, 71, 73, 75, 77, 80, 82, 84-86, 88, 90, 93, 97, 100-102, 105, 107, 108, 110, 112, 116, 119, 122, 127, 132, 136, 141, 149, 150, 154, 158, 162, 166, 170, 173-174, 179, 183, 188, 192, 196, 200-201, 205, 209, 213, 216, 221, 226, 230, 236, 245, 250-251, 266, 271, 276, 286, 296, 300, 306, Editoriale Corno, Milano, 1964-71

Satanik, di Max Bunker, nn.1-9, 11, 12, 14, 15, 17-18, 20, 21, 23-24, 26, 27, 29, 31, 33-34, 36, 38, 40-41, 44-45, 47, 49, 50, 52, 54-55, 57, 60, 62, 66, 68, 71, 74, 78, 82, 86, 92, 96, 100-101, 105, 108, 112, 116, 119, 124, 130, 135, 150, 155, 161, Editoriale Corno, Milano, 1964-71

Dennis Cobb Agente SS018, di Max Bunker, nn.1-13, 23, 25, Editoriale Corno, Milano, 1965
Gesebel, di Max Bunker, nn.1-6, Editoriale Corno, Milano, 1966
Maxmagnus, di Max Bunker, Editoriale Corno, Milano, 1968-70
Alan Ford, di Max Bunker, nn.1-75, Editoriale Corno, Milano, 1969-75
Mezzanotte di morte, Edifumetto, Milano, 1974
10 cavalieri e un mago, Geis, Milano, 1974
Quella sera al collegio femminile, Edifumetto, Milano, 1975
Lo Sconosciuto, nn.1-6, Edizioni del Vascello, Milano, 1975-76 (Einaudi, Torino, 1998)
La Compagnia della Forca, nn.1-20, Geis, Milano, 1977-79
I briganti, Edifumetto, Milano, 1979 (L'Isola Trovata, Milano, 1987-90)

Vendetta Macumba, di Ennio Missaglia, Edifumetto, Milano, 1979
Il teschio vivente, Edifumetto, Milano, 1980
Una partita impegnativa, Lo Sconosciuto racconta: Il Resto del Carlino 1981
Il volo del Lac Leman, Lo Sconosciuto racconta: Il Resto del Carlino 1981 (Traffici, Edizioni ReM, Milano, 1999)

Necron, di Ilaria Volpe, nn.1-12, Edifumetto, Milano, 1981-1983
Necron, Caccia all'indio, Gli orrori della metropoli, di Ilaria Volpe, nn.13-14, Edifumetto, Milano, 1984
Milady nel 3000, Glittering Images, Firenze, 1985 (uscito a puntate sul "Mago" 1980 e su "Eureka" 1984)

Lo Sconosciuto: Full Moon in Dendera, L'Isola Trovata, Milano, 1985
Lo Sconosciuto: L'uomo che uccise Ernesto "Che" Guevara, L'Isola Trovata, Milano, 1986

Alan Ford, di Max Bunker, n. 200, Max Bunker Production, Milano, 1986
Le 110 pillole, "Totem", 1985 (La Nuova Frontiera, Roma, 1986)
Le Femmine Incantate, "La Dolce Vita", 1987-1988
Le Femmine Incantate, "Comic Art", 1990-1991
Le avventure di Giuseppe Pignata, nn.1-3, disegni di Sergio Tisselli, Granata Press, Bologna, 1993-94
Il principe nel suo giardino, Granata Press, Bologna, 1994

Lunario 1995 - Allegro ma non troppo, Granata Press, Bologna, 1994 (*L'introvabile Magnus*, Edizioni Lennoxx, Milano, 1998)
Tex: La valle del terrore, di Claudio Nizzi, Sergio Bonelli Editore, Milano, 1996
Le 110 Pillole storyboard, Edizioni ReM, Milano, 2000
L'arte di Magnus, i Classici di Repubblica, Panini Comics, Modena, 2003
Il grande Magnus, nn.1-28, Corriere della Sera-Gazzetta dello Sport, 2020

Storie brevi
Socrate's Count-Down, "Frigidaire" n.14, 1982
La signora Ning, "Comix" n.151, 1995
Nel frattempo, lo Sconosciuto, "Comix" n.3, 1996

BIBLIOGRAFIA DAVIDE TOFFOLO

Anatomia di una adolescenza, "Beautiful Magazine", 1991-1992 (Vivacomix, Pordenone, 2005)
Animali, "Comic Art", 1992 (Kappa Edizioni, Bologna, 1996)
Fare Fumetti. Manuale di fumetti a fumetti, "Kappa Magazine", 1992 (Panini Comics, Modena, 2015)
Piera degli Spiriti, "Dinamite", Granata Press, Bologna, 1995 (Panini Comics, Modena, 2015)
Fregoli, "Mondo Naif", 1996 (Panini Comics, Modena, 2016)
Cinque allegri ragazzi morti, "Fandango", 1999-2000 (Omnibus, Coconino Press, Roma, 2011; Panini Comics, a colori, Modena, 2016-2017)
Carnera, la montagna che cammina, Biblioteca dell'immagine, Pordenone, 2001 (Coconino Press, Roma, 2006)
Intervista a Pasolini, Biblioteca dell'immagine, Pordenone, 2002 (Pasolini, Coconino Press, Roma, 2005; Rizzoli Lizard, Milano, 2015)
Il re bianco, Coconino Press, Roma, 2005 (Bao Publishing, Milano, 2018)
Très! Fumetti per il teatro, Coconino Press, Roma, 2007
L'inverno d'Italia, Coconino Press, Roma, 2010
Graphic Novel is Dead, Rizzoli Lizard, Milano, 2014
Il cammino della Cumbia, Oblomov Edizioni, Cagliari, 2018
Graphic Novel is Back, Rizzoli Lizard, Milano, 2019
Andrà tutto benino, La Tempesta Dischi, Pordenone, 2020
Cinque allegri ragazzi morti. Il ritorno, Panini Comics, Modena, 2020

RINGRAZIAMENTI

Graziano Origa, Sergio Bonelli, Renzo Barbieri, Margherita, Francesca e Riccardo Raviola, Sofia Bonvicini, Gabriele Ferrero, Massimo Semerano, Onofrio Catacchio, Paolo Bacilieri, Filippo Scozzari, Paulonia Zumo, Sara Fabbri, Igort, Elisabetta Sgarbi, Francesco Coniglio, Laura Scarpa, Ennio Badin e Anna Givani, Andrea Plazzi, Alfredo Castelli, Larry A. Camarda, Francesco Bazzana, Enrico Sist, Raffaele Della Monica, Silvano Mezzavilla, Michele Foschini, Fabrizio dell'Hotel Gallo di Castel del Rio, Giovanni Toffolo, Paola Bristot, Alessandro Baronciani.

E tutte le persone che per tanto tempo hanno aspettato questa storia.

OBLOMOV EDIZIONI
Progetto editoriale di Igort

Collana CRUMB

Redazione: Orsola Mattioli, Paulonia Zumo
Adattamento editoriale: Sara Fabbri, Dimitri Moretti
Illustrazione di copertina: Davide Toffolo
Coordinamento: Paola Sala

COME RUBARE UN MAGNUS
Numero di catalogo 0097

Oblomov Edizioni
Redazione
Via degli Oleandri 8 09045 Quartu Sant'Elena (CA)
redazione@oblomovedizioni.com

www.oblomovedizioni.com fb oblomov edizioni

Finito di stampare nel mese di novembre 2020 presso la tipografia Negri di Bologna
su carta Arena Ivory da 140 gr.